Francesco Antonio Laviola

Nell'abbraccio in cui tutto cambia

Francesco Antonio Laviola

Nell'abbraccio in cui tutto cambia

Edizioni Sant'Antonio

Imprint
Any brand names and product names mentioned in this book are subject to trademark, brand or patent protection and are trademarks or registered trademarks of their respective holders. The use of brand names, product names, common names, trade names, product descriptions etc. even without a particular marking in this work is in no way to be construed to mean that such names may be regarded as unrestricted in respect of trademark and brand protection legislation and could thus be used by anyone.

Cover image: www.ingimage.com

Publisher:
Edizioni Accademiche Italiane
is a trademark of
International Book Market Service Ltd., member of OmniScriptum Publishing Group
17 Meldrum Street, Beau Bassin 71504, Mauritius

Printed at: see last page
ISBN: 978-620-2-00097-0

Dedico questo lavoro al mio Vescovo
ai primi due collaboratori che si sono presentati a me
nella parrocchia s. Gerardo (MT) Michele Viggiani e Anna Panetta
a mia madre
e a mia sorella

INDICE

PREFAZIONE 5
INTRODUZIONE 7
FRA LE VICENDE DI QUESTO MONDO 9
«SE' DI SPERANZA FONTANA VIVACE» 15
LA RAGIONE DEL MALE 17
È IMPRESSIONANTE SENTIRE AFFERMARE: SONO SOLA! 19
C'É QUALCUNO CHE CONTA I MIEI CAPELLI 21
QUALCOSA CHE DECIDE PIÚ DELLA STESSA VITA 23
UNO SCOPPIO DI ALLEGREZZA 27
PRESI DA UNA UMANITÁ VIVAMENTE PRESA 30
PREPARÁTI A CIÓ CHE ACCADE 32
LA SVOLTA È POGGIATA SUL TUO 'IO 37
IL BUCO DELLO STOMACO 40
GRANDI PERCHÉ LIBERI 44
RIDONAMI IL TUO SÍ! 49
CON ABITO E CRAVATTA 51
L'ATTESA COME GORGOLÍO DEL CUORE 54
COSA POSSIAMO RUBARE? 58
UN CONTRACCOLPO CHE MI CHIAMA! 60
LIBERATI DA UNA MONTAGNA DI PIETRE 65

PREFAZIONE

S. Agostino, quando parla dell'eloquenza, dice che questa ha un triplice scopo: insegnare, piacere, commuovere *(ut veritas pateat, ut veritas placet, ut veritas moveat)*[1].

Chi parla, meglio chi predica durante le liturgie, deve essere capace di toccare il cuore e la mente. Non tutti hanno il dono dell'eloquenza. Si può essere grandi studiosi, eccelsi professori ma non sempre si ha il dono di comunicare, far passare, per la comprensione di quanti ascoltano, i contenuti.

Gli uditori a volte rimangono rapiti dall'enfasi del parlare e dicono: *"ha fatto davvero una bella predica"*. E quando viene chiesto: cosa ha detto? Spesso la risposta è: *"non mi ricordo"*! Se non ricordo vuol dire che il contenuto non è passato, quindi non è arrivato né alla mente né al cuore.

Nella Chiesa, oggi, assistiamo alla crisi della predicazione. Spesso si confonde con la teologia, la catechesi, la lectio, l'esegesi. A volte diventa spettacolo[2]. Papa J. Ratzinger diceva: "*Parlare della crisi della predicazione è ormai divenuto oggi un luogo comune: il suo contenuto, il suo metodo, la sua collocazione sono ugualmente divenuti discutibili; sorgono tentativi di riforma di diversissima natura, dalla fuga in un rigido biblicismo fino allo schietto dialogo nella comunità, nel quale i presenti si limitano a scambiare le loro opinioni e a cercare eventualmente delle massime per una condotta comune, sulla base di opinione acquisite insieme. Dietro tutto ciò sta, come causa centrale, la crisi della coscienza di Chiesa*[3]".

La raccolta di omelie del volume di Don Franco Laviola, nata per caso e per esplicita volontà e desiderio di un parrocchiano che ha sbobinato e trascritto le riflessioni, è sicuramente un aiuto concreto a meditare, per attuare quanto predicato nella quotidianità.

---

[1] AGOSTINO, *De Doctrina Christiana,* IV.12.

[2] *"L'omelia non può essere uno spettacolo di intrattenimento, non risponde alla logica delle risorse mediatiche, ma deve dare fervore e significato alla celebrazione. È un genere peculiare, dal momento che si tratta di una predicazione dentro la cornice di una celebrazione liturgica; di conseguenza deve essere breve ed evitare di sembrare una conferenza o una lezione. Il predicatore può essere capace di tenere vivo l'interesse della gente per un'ora, ma così la sua parola diventa più importante della celebrazione della fede".* (FRANCESCO, Esortazione apostolica *Evangeli gaudium*,138,24 novembre 2013).

[3] *La predicazione cristiana oggi,* a cura del Servizio Nazionale per il Progetto Culturale, EDB, Bologna 2008.

Il parlare di Don Franco, nella sua semplicità, non tradisce i contenuti teologici ma li cala nel cuore di chi ascolta per rimanerci. Scuote le coscienze, le mette in crisi offrendo le linee guida per un cammino di conversione che parte dal cuore dell'annuncio: il Vangelo. Questo significa parlare al cuore e alla mente dell'assemblea liturgica. Per dirla con Pascal: "*Noi conosciamo la Verità non soltanto con la ragione, ma anche con il cuore. In quest'ultimo modo conosciamo i princípi primi*"[4].

Ritengo che questo testo sia un valido aiuto per quanti desiderano trovare spazi di silenzio.

Sono riflessioni che elevano l'animo per farlo entrare nel mistero che si celebra attualizzando la Parola proclamata nella storicità del momento presente.

Proprio la capacità di attualizzare e rendere viva ed efficace la Parola proclamata rende l'omelia di Don Franco vera, perché, come dice Papa Francesco, *"l'omelia è la pietra di paragone per valutare la vicinanza e la capacità d'incontro di un Pastore con il suo popolo. Di fatto, sappiamo che i fedeli le danno molta importanza; ed essi, come gli stessi ministri ordinati, molte volte soffrono, gli uni ad ascoltare e gli altri a predicare. È triste che sia così. L'omelia può essere realmente un'intensa e felice esperienza dello Spirito, un confortante incontro con la Parola, una fonte costante di rinnovamento e di crescita*[5].

Gli esempi e le citazioni riportate nella sua predicazione, ci dicono della portata culturale, teologica, spirituale ed esperienza pastorale di Don Franco. Tutte qualità messe a disposizione nel servire la Chiesa come filosofo, insegnante, pastore.

E' un testo snello, facile da leggere per ottenere grandi benefici e crescere in una fede sempre più matura e meno proclamata.

Giuseppe Antonio Caiazzo
Arcivescovo di Matera-Irsina

---

[4] PASCAL B., *Pensieri*, a cura di P. Serini, Einaudi, Torino, 1967, pagg. 58-59.

[5] FRANCESCO, Esortazione apostolica *Evangeli gaudium*,135,24 novembre 2013.

INTRODUZIONE

La raccolta di omelie che vengono presentare in questo volume è nata per caso. Un giovane della parrocchia san Nicola di Craco (MT), Piero Galante, rimaneva colpito dalle mie omelie e iniziò a prendere appunti finché un giorno mi chiese di poterle registrare in modo da non perdere niente di quanto veniva detto. Io gli chiesi il perché e mi disse che le omelie 'lo spostavano' e riuscivano ad aiutarlo nel suo quotidiano. Dopo un po' inizio a 'sbobinare' alcune di queste soprattutto quelle che lo interessavano di più. Ne aveva già trascritte alcune quando mi è arrivata la proposta delle edizioni 'Il Messaggero di san Antonio' tramite la dot. Maria Romano, se avevo del materiale di carattere spirituale da poter pubblicare. Ne ho parlato con Piero Galante e insieme abbiamo deciso di aderire a questa proposta. Così Piero ha deciso di trascrivere tutte le omelie e di registrarne altre. Una buona parte di queste omelie viene ora pubblicata in questo volume.

Le omelie presentate sono state offerte quasi esclusivamente nella Liturgia Domenicale della parrocchia san Nicola in cui ero parroco più qualche raro caso in cui erano state offerte in altre circostanze. Cercano di essere quasi sempre attinenti al Vangelo domenicale aprendo, però, sempre uno squarcio sulla realtà in quel momento vissuta per offrire una strada evangelica per vivere quella determinata circostanza.

Pur basandomi sul dato scientifico esegetico le omelie hanno mantenuto un'attenzione al popolo che le ascoltava e quindi ho preferito quasi sempre la strada narrativa ed esperienziale, con un linguaggio fresco, attuale ed immediato.

Il testo che viene riportato ha conservato la caratteristica del parlato vivo, quasi fotografando quello che in quel momento stava accadendo, quello che stava accadendo nel momento in cui le omelie venivano pronunciate. Ovviamente sono state apportate alcune brevi correzioni solo per rendere il testo più scorrevole o per migliorare la forma italiana.

Durante il seminario maggiore feci una preghiera al Signore chiedendogli attraverso un'Ave Maria recitata alla Madonna la grazia di poter predicare bene e fare delle omelie il meglio possibile concesso alle mie capacità perché già da allora sentivo sia l'impaccio del parlare sia quello di avere un pensiero lineare che invece io vedevo essere contorto. A distanza di diversi anni posso testimoniare che quella grazia mi è stata fatta. Sono stato condotto non prima di tutto a curare in un certo senso l'impaccio della parola soprattutto quella pronunciata in pubblico. Come conseguenza è avvenuto anche questo, ma portandomi a capire che dovevo partire dall'approfondimento dell'amicizia con Lui e da non fare mai una omelia senza lo studio personale. Sono giunto lentamente a fare esperienza della Parola di Dio come evento dentro cui accade anche l'omelia non come semplice istruzione ma come espressione di gratitudine nei confronti di quello che il Signore faceva accadere a me e a tutto il popolo. Infatti quando si conclude la lettura dei vari brani della Parola di Dio, il lettore conclude dicendo 'Parola di Dio!', con il punto esclamativo, che non significa un certo suono è giunto a voi e che rimanda ad un certo significato. Significa molto di più, significa che quanto annunciato adesso sta accadendo ora a noi, al nostro cuore. È come una schioppettata che buca e ferisce! In questo modo nella Parola non come suono ma come evento[6] siamo nutriti, l'ambone diventa altare che imbandisce una mensa che nutre.

Con questa pubblicazione voglio soprattutto rendere testimonianza al Signore che ha avuto cura del brano di popolo che mi ha affidato, soprattutto quello di Craco e ora quello di Marconia presso la parrocchia di san Gerardo. Quale l'esito? Una mia maturazione personale e pastorale. E dietro questo le persone che per la loro umiltà e per la grazia del Signore iniziano un cammino di fede messi di fronte all'evento della Sua Parola dentro cui ci sono le mie parole omiletiche come semplice tenda.

Per tutto questo voglio ringraziare la comunità di Craco che ha accolta la mia predicazione, a Piero Galante che ha avuto l'idea di registrare le omelie e a Laura Ferrara che ha aiuto Piero nella 'sbobinatura'.

[6] Cfr. Congregazione per il culto divino e la disciplina dei sacramenti, *Direttorio omiletico*, LEV, Città del Vaticano 2015, p. 13.

FRA LE VICENDE DI QUESTO MONDO[7]

Dal Vangelo secondo Giovanni

«In quel tempo, Gesù disse ai suoi discepoli: 'Chi accoglie i miei comandamenti e li osserva, questi è colui che mi ama. Chi ama me sarà amato dal Padre mio e anch'io lo amerò e mi manifesterò a lui'. Gli disse Giuda, non l'Iscariòta: 'Signore, come è accaduto che devi manifestarti a noi, e non al mondo?'. Gli rispose Gesù: 'Se uno mi ama, osserverà la mia parola e il Padre mio lo amerà e noi verremo a lui e prenderemo dimora presso di lui. Chi non mi ama, non osserva le mie parole; e la parola che voi ascoltate non è mia, ma del Padre che mi ha mandato. Vi ho detto queste cose mentre sono ancora presso di voi. Ma il Paràclito, lo Spirito Santo che il Padre manderà nel mio nome, lui vi insegnerà ogni cosa e vi ricorderà tutto ciò che io vi ho detto».[8]

Vi chiedo di aiutarmi a predicare attraverso l'ascolto. L'ascolto è domandare di cambiare, cioè domandare di vedere Gesù Risorto nella propria vita perché la Risurrezione coincide con il proprio cambiamento.

Perché ci viene da dire che Dio non parla, che la sua Parola e i sacramenti sono muti? Perché io sono lontano da me stesso, non sono cosciente del mio desiderio di compimento. Infatti la strada che il Signore utilizza per venirmi incontro da una parte è il mio desiderio di compimento dall'altra per rispondere a questo mio desiderio mi pone di fronte la realtà, le cose di tutti i giorni: «fra le vicende di questo mondo là siano fissi i nostri cuori dov'è la vera gioia»[9]. Per questo la realtà è positiva. Tutto è bene perché la realtà, le creature sono il modo con cui il Signore mi soddisfa totalmente.

Voglio ora accennare ad una monaca, una famosa monaca, la quale fin da bambina è stata indotta dai genitori, contro la sua volontà a entrare in convento. È la monaca di Monza. Ma sentite cosa propone Manzoni se lei avesse accettato quella sua condizione: «E' una delle facoltà singolari e incomunicabili della religione cristiana,

---

[7] Seguono tre omelie tenute nella chiesa parrocchiale s. Rita di Taranto il 19, 20 e 21 Maggio 2003 ore 19,00 come triduo di preparazione alle festa di s. Rita invitato da don Gino Romanazzi.

[8] Gv 14, 21-26.

[9] Colletta di Martedi quinta settimana di Pasqua.

il poter indirizzare e consolare chiunque, in qualsivoglia congiuntura, a qualsivoglia termine, ricorra ad essa. Se al passato c'è rimedio, essa lo prescrive, lo somministra, dà lume e vigore per metterlo in opera, a qualunque costo; se non c'è, essa dà il modo di far realmente e in effetto, ciò che si dice in proverbio, di necessità virtù. Insegna a continuare con sapienza ciò che è stato intrapreso per leggerezza; piega l'animo ad abbracciar con propensione ciò che è stato imposto dalla prepotenza, e da una scelta che fu temeraria, ma che è irrevocabile, tutta la santità, tutta la saviezza, diciamolo pur francamente, tutte le gioie della vocazione. E' una strada che così fatta che ... da qualunque precipizio, l'uomo capiti ad essa, e vi faccia un passo, può d'allora in poi camminare con sicurezza e di buona voglia, e arrivar lietamente a un lieto fine. Con questo mezzo Gertrude avrebbe potuto essere una monaca santa [con una umanità desta] e contenta, comunque lo fosse divenuta. Ma l'infelice si dibatteva in vece sotto il giogo, e così ne sentiva più forte il peso e le scosse»[10]. Il cristianesimo mette nelle condizioni di poter vivere lietamente tutto anche le situazioni più contrarie al nostro volere.

Per Rita non fu come Gertrude. Sarebbe potuta essere una cristiana mediocre o addirittura anche una pessima cristiana, così come era inasprita dalla sofferenza e continuamente provocata alla ribellione. Fu invece una santa.

Le sofferenze gli vengono dal fatto che fu contrariata dai genitori sul suo sogno di farsi monaca e la fanno sposare; dalla ferocia del marito; dallo strazio per la perdita in un anno del marito, dei figli e dei genitori.

Perché non si è ribellata? Perché era convinta che Gesù veniva in quelle situazioni, coincideva con quelle sofferenze, la preferiva in tali dolori. Per questo era convintissima che la realtà era positiva, che le era provvidenziale. E il suo cuore aveva bisogno di quella Presenza di Gesù più di qualsiasi altra cosa e per questo diceva sì a quei fatti perché quei fatti erano la forma con cui Gesù si rendeva sensibile a lei.

«Chi accoglie i miei comandamenti e li osserva (li custodisce), quello mi ama»[11] abbiamo letto poco fa. Negli scritti di s. Giovanni si parla dei comandamenti ma nominando contemporaneamente Gesù[12]. Se il comandamento è legato alla persona di Gesù non è più una legge da mettere in pratica, ma una Presenza da amare,

[10] A. Manzoni, *I Promessi Sposi*, La Nuova Italia, Firenze 1992, p.184.

[11] Gv 14, 21.

[12] Cfr. H. Strathmann, *Il Vangelo secondo Giovanni*, Paideia, Brescia 1973, p. 315.

un'amicizia a cui starci a tutti costi, e il comandamento indica appunto una inderogabilità per la propria felicità, come ha fatto Gesù quando il Padre gli ha chiesto di morire. Questo è lo stesso comandamento accolto e custodito da Rita.

Dal Vangelo secondo Giovanni

«In quel tempo, disse Gesù ai suoi discepoli: 'Vi lascio la pace, vi do la mia pace. Non come la dà il mondo, io la do a voi. Non sia turbato il vostro cuore e non abbia timore. Avete udito che vi ho detto: 'Vado e tornerò da voi'. Se mi amaste, vi rallegrereste che io vado al Padre, perché il Padre è più grande di me. Ve l'ho detto ora, prima che avvenga, perché, quando avverrà, voi crediate. Non parlerò più a lungo con voi, perché viene il prìncipe del mondo; contro di me non può nulla, ma bisogna che il mondo sappia che io amo il Padre, e come il Padre mi ha comandato, così io agisco».[13]

Cosa propone Gesù quando dona la sua pace? «Pace è il mio dono a voi» è un altro modo di dire «Io do la vita eterna»[14] e la «mia gioia»[15] e questo ci fa pensare al centuplo, la mia amicizia vi dà cento volte tanto e la vita eterna. Seguire Gesù dà cento volte più gusto a vivere la vita. Dice Ezechiele: «Farò con loro un'alleanza di pace»[16], e una parte essenziale dell'alleanza è che Dio porrà il suo santuario in mezzo al suo popolo per sempre[17]. Non era mai accaduto prima e non esistevano esempi in altri popoli che un Dio si facesse presenza non in un santuario-edificio, ma in un popolo diventando così questo un santuario di carne. Questa presenza misteriosa nel popolo rende i giorni lieti e le notti in pace: *sint dies laeti placideque noctes*[18].

Rita perdona con tutto il cuore l'omicidio di suo marito, non solo, ma fa sbocciare la pace tra le famiglie in lotta portandole prima davanti al giudice e poi in chiesa. Non ci sfugga l'importanza di quest'ultimo fatto: li porta in chiesa. La pace nasce nell'accogliere quella realtà umana che rende possibile l'esperienza di Gesù che

---

[13] Gv 14,27-31.

[14] Gv 10, 28.

[15] Gv 15,11.17,13. Cfr. R. E. Brown, *Giovanni*, Cittadella, Assisi 1979, vol. 2, p. 787.

[16] 37, 26.

[17] Cfr. Brown 788.

[18] CHRISTE CUNCTORUM, *Canto ambrosiano del sec. V.*

educa alla stima dell'uomo e a riconoscere la fragilità dell'uomo, quella fragilità che deriva dal peccato originale. Da questo si capisce il realismo di questa donna che conosceva bene il cuore dell'uomo e non confidava unicamente nelle sue forze.

Questo fatto mi fa venire in mente un episodio del Vangelo, quando Gesù si arrabbia con i suoi perché volevano liberare un indemoniato, reso muto e sordo, magicamente, senza di Lui. Allora il Signore interviene e li rimprovera affermando che questo tipo di demoni si scaccia con la preghiera e il digiuno, cioè mendicando la sua Presenza, portando a Lui l'umanità sorda e muta (una umanità che non desidera e non si stupisce). Rita ha portato la sua umanità, l'umanità dei suoi figli, quella di suo marito e del suo paese a Gesù affinché la guarisse. Portiamo a Lui anche la nostra umanità.

Dal Vangelo secondo Giovanni.

«In quel tempo, Gesù disse ai suoi discepoli: 'Io sono la vite vera e il Padre mio è l'agricoltore. Ogni tralcio che in me non porta frutto, lo taglia, e ogni tralcio che porta frutto, lo pota perché porti più frutto. Voi siete già puri, a causa della parola che vi ho annunciato. Rimanete in me e io in voi. Come il tralcio non può portare frutto da se stesso se non rimane nella vite, così neanche voi se non rimanete in me. Io sono la vite, voi i tralci. Chi rimane in me, e io in lui, porta molto frutto, perché senza di me non potete far nulla. Chi non rimane in me viene gettato via come il tralcio e secca; poi lo raccolgono, lo gettano nel fuoco e lo bruciano. Se rimanete in me e le mie parole rimangono in voi, chiedete quello che volete e vi sarà fatto. In questo è glorificato il Padre mio: che portiate molto frutto e diventiate miei discepoli'».

Abbiamo concluso le letture esclamando e acclamando «Parola di Dio!» e «Parola del Signore!». Negli Atti si ripete più di una volta «E la Parola di Dio si diffondeva». Questo significa che la Chiesa si diffondeva. Per noi moderni questa espressione «Parola di Dio» significa piuttosto un suono che si propaga come quando si suona un campanello e il suo suono si diffonde nell'aria. Non così per l'ambiente che ha visto nascere e crescere il popolo d'Israele. Per questo ambiente «Parola di Dio» significa che ciò che avete udito con le orecchie è un fatto che accade ora, che parla alla tua vita e riguarda la tua fine. Allora quando diciamo «Parola di Dio» diciamo «questo è un avvenimento, un evento», cioè dall'esperienza della realtà (*ex-*) mi viene incontro (*venio*) la conoscenza della verità. La Chiesa dunque si diffondeva grazie all'evento della Parola di Dio.

Colpisce del Vangelo di oggi[19] il numero di volte che si utilizza il termine «rimanere», ben otto volte. Questo termine indica due cose: l'appartenenza dei suoi a Gesù e di Gesù ai suoi e si esplicita nella mendicanza reciproca: Cristo che mendica il cuore dei suoi e i suoi che mendicano il cuore di Gesù. Che cosa fantastica! Il rimanere di Gesù, l'appartenere di Gesù ai suoi oggi è inscindibile dal rimanere della sua Parola in essi, cioè dal permanere dell'evento della sua Presenza tra di loro. La condizione di tutto questo è l'obbedienza: l'amore a ciò che è fatto per me più di quello che penso o che sento o che mi interessa.

Il frutto di questo rimanere, dell'appartenenza è la verginità, cioè guardare le cose come le ha guardate Gesù, ha guardato tutto in rapporto al Padre: «Che bello questo fiore, l'ha fatto papà mio!», spesso dico ai miei bambini del catechismo per indicare loro questo rapporto particolare di Gesù con la realtà.

Sto pensando all'artista che ha realizzato l'ambone della chiesa di s. Rita a Cascia. Ha avuto un'intuizione geniale, pur non rispettando, a mio avviso, il senso liturgico di questo oggetto. Ha tenuto presente la Parola come evento che si diffonde e ha indicato Rita come colei che vive di questo evento e lo ha realizzato costruendo l'ambone a forma di una grande «esse» che indica appunto la Parola che come un'onda si diffonde.

L'esempio più spiccato dei frutti della verginità in Rita è riconoscibile nell'offerta a Gesù della vita dei suoi figli quando ormai era sempre più certa che volevano vendicare l'uccisione del padre. Ha guardato i suoi figli come li avrebbe guardati Gesù. Pregò così Gesù che li prendesse lui per non vederli persi per sempre. In questo modo Rita ha indicato come si ama, amare l'altro in rapporto al loro fine, allo scopo per cui sta al mondo. Per Rita era chiarissimo che i suoi figli erano al mondo per Gesù perciò li offre a lui per non perderli. E Gesù li prende.

Questo modo di vivere porta i santi ad essere umanissimi. Mi colpisce tanto la loro umanità tanto che vado alla ricerca di cose anche un po' curiose che indicano che non dimenticano niente della loro umanità e non hanno rinunciato a niente di essa, né alla bellezza, né al gusto delle cose. Per esempio s. Tommaso d'Aquino prima di morire chiede di mangiare un'alice; s. Francesco, che aveva fatto digiuni estenuanti, nel momento estremo del transito chiede a frate Jacopa dei mostaccioli; s. Rita una rosa e

[19] Cfr. Gv 15, 1-8.

due fichi. Sono, secondo me, un segno di gratitudine a quella umanità che è diventata il perno della nostra salvezza dalla notte di Betlemme.

«SE' DI SPERANZA FONTANA VIVACE»[20]

Dal Vangelo secondo Matteo

«In quel tempo, Gesù disse ai suoi discepoli: 'Non crediate che io sia venuto ad abolire la Legge o i Profeti; non sono venuto ad abolire, ma a dare pieno compimento. In verità io vi dico: finché non siano passati il cielo e la terra, non passerà un solo iota o un solo trattino della Legge, senza che tutto sia avvenuto. Chi dunque trasgredirà uno solo di questi minimi precetti e insegnerà agli altri a fare altrettanto, sarà considerato minimo nel regno dei cieli. Chi invece li osserverà e li insegnerà, sarà considerato grande nel regno dei cieli'»[21].

L'incontro che ho avuto con d. Tommaso Latronico e con l'ing. Nicola Dommarco, due amici determinanti per la mia vita, mi portò a scoprire per la prima volta che la realtà c'è, è piena e luminosa, cioè piena di essere. La seconda cosa che scoprii fu il mio desiderio, non che non desiderassi prima, anzi, ma percepii che su tutti i desideri prevaleva uno, quello di pienezza, di totalità.

Quanto scoperto in quel momento lo ritenni episodico, un'esperienza che finiva lì. Invece il sabato seguente si presentò a Terzo Cavone, dove facevo il parroco, un giovane con una Croma che avevo conosciuto il sabato precedente e mi diceva che eravamo rimasti d'accordo che sarebbe venuto a prendermi, ma io non mi ricordavo proprio di questo. Per non fare brutta figura chiusi la riunione e andai a Nova Siri alla scuola di comunità. Anche un equivoco non è a caso quindi anche questo è un Altro che lo ha fatto e lo ha fatto per me.

Cosa c'entra questo con la speranza? Che per sperare bisogna aver ricevuto una grande grazia: la grazia dell'incontro con Cristo, l'incontro con una presenza umana che fa sobbalzare il cuore, infatti non ho dormito per due notti tanto era grande quanto mi era accaduto.

La gente si accorgeva di quanto mi era accaduto, in tanti mi dicevano che la predica era diversa, che andavano via dalle riunioni più contenti... tanto che nei

---

[20] Omelia tenuta il 22 marzo 2006 alle ore 18 mercoledi della III set. di Quaresima nella chiesa parrocchiale di Scanzano invitato da don Filippo Lombardi.

[21] Mt 5, 17-19.

luoghi dove ho lavorato c'è stato sempre qualcuno che ha voluto approfondire le motivazioni di questa diversità seguendomi anche dopo che sono andato via.

Quando facevo il parroco a s. Giulio avevo scritto una lettera di invito ai parrocchiani per invitarli ad una riunione. L'ho riletta in questi giorni e scopro con meraviglia di come ero diverso e a cosa invitavo la povera gente: insistevo sullo sforzo, sul sacrificio, sull'organizzazione, sulla dottrina. Oggi posso dire di aver capito che questo è il contrario del metodo di Cristo: il Suo metodo è che attira attraverso un incontro affascinante e bello. Questo ha ridotto il numero delle iniziative e il fallimento delle iniziative perché non sono più io a fissare la mia felicità o la felicità degli altri. La felicità, invece, è dire di sì ad una presenza.

La certezza guadagnata nel rapporto con questa Presenza mi lascia sempre più pieno di speranza.

Qualcuno però potrebbe obiettare: «Puoi parlare così perché ti è andato tutto liscio!». Tutt'altro! L'anno scorso sono stato in ospedale e mi è venuta una paura di morire! Siccome si prospettavano problemi al cuore ho pensato seriamente all'aldilà. Volevo sapere se l'aldilà era un luogo buono per me, che non è contro di me. La ragione non è n grado di rispondere a questa domanda. Il volto di mia sorella e scorrendo la rubrica del telefono mi hanno aiutato a ricordarmi dei volti dei miei amici che mi hanno reso presente il Mistero di Dio da questa parte del mondo. La speranza è la certezza del futuro grazie al rapporto realizzato con questa Presenza.

«E giuso intra i mortali sei di speranza fontana vivace»[22]. Il fatto che una di noi, la Madonna, ha vissuto il rapporto con la Presenza di Gesù e ora ha raggiunto la pienezza di quanto ho descritto vuol dire che la speranza è per tutti, per questo Maria è la sicurezza della nostra speranza. Come dice il vangelo di oggi la Madonna è considerata grande nel regno dei perché non ha trascurato neanche un trattino del rapporto con Gesù.

---

[22] DANTE ALIGHIERI, *Paradiso*, XXXIII, 12

LA RAGIONE DEL MALE[23]

Dal Vangelo secondo Giovanni

«La sera di quel giorno, il primo della settimana, mentre erano chiuse le porte del luogo dove si trovavano i discepoli per timore dei Giudei, venne Gesù, stette in mezzo e disse loro: 'Pace a voi!'. Detto questo, mostrò loro le mani e il fianco. E i discepoli gioirono al vedere il Signore. Gesù disse loro di nuovo: 'Pace a voi! Come il Padre ha mandato me, anche io mando voi'. Detto questo, soffiò e disse loro: 'Ricevete lo Spirito Santo. A coloro a cui perdonerete i peccati, saranno perdonati; a coloro a cui non perdonerete, non saranno perdonati'. Tommaso, uno dei Dodici, chiamato Dìdimo, non era con loro quando venne Gesù. Gli dicevano gli altri discepoli: 'Abbiamo visto il Signore!'. Ma egli disse loro: 'Se non vedo nelle sue mani il segno dei chiodi e non metto il mio dito nel segno dei chiodi e non metto la mia mano nel suo fianco, io non credo'. Otto giorni dopo i discepoli erano di nuovo in casa e c'era con loro anche Tommaso. Venne Gesù, a porte chiuse, stette in mezzo e disse: 'Pace a voi!'. Poi disse a Tommaso: 'Metti qui il tuo dito e guarda le mie mani; tendi la tua mano e mettila nel mio fianco; e non essere incredulo, ma credente!'. Gli rispose Tommaso: 'Mio Signore e mio Dio!'. Gesù gli disse: 'Perché mi hai veduto, tu hai creduto; beati quelli che non hanno visto e hanno creduto!'. Gesù, in presenza dei suoi discepoli, fece molti altri segni che non sono stati scritti in questo libro. Ma questi sono stati scritti perché crediate che Gesù è il Cristo, il Figlio di Dio, e perché, credendo, abbiate la vita nel suo nome»[24].

Di fronte al male noi rimaniamo tristi, perché, soprattutto, non capiamo, non sappiamo il senso e la ragione di quel male. Se riuscissimo a vederne la ragione, tutto il male, dalla stanchezza all'omicidio, dalla noia all'arrabbiatura si mostrerebbe a noi non così. La ragione del male è solo perché Cristo possa risorgere, cioè perché noi possiamo vivere pienamente, perché con la resurrezione di Cristo il male finalmente ha un motivo per esserci. In una classe un ragazzo colpito da una lezione mi ha detto: 'Don Frà sai cosa dice Neffa

[23] Omelia tenuta il 15 aprile 2007 alle ore 11,00 II domenica di Pasqua nella chiesa parrocchiale di Craco.

[24] Gv 20, 19-31.

nella sua canzone? .... E' meglio una delusione vera, che una gioia falsa !'. É una cosa grande che un ragazzo possa essere stato colpito con stupore da una cosa del genere! Perché senza la ragione del male, senza il significato della fatica e della delusione, si diventa scettici, cioè non è possibile vivere fino in fondo, perché prevale la noia e il non-gusto. A partire da ciò diventa facile, allora, collegarsi anche al convegno su «Sussidiaretà ed educazione» di ieri, perché la resurrezione è collegata alla vita di tutti i giorni, anche per i ragazzi a scuola. Perché il punto non è fare mille riforme per la scuola, anche perché la nostra scuola ha un impianto buono, il punto è sradicare lo scetticismo e dare spazio ad una ispirazione ideale. Che cosa è l'ispirazione ideale? E' la coscienza che io sono fatto per il bello, il giusto, il vero. Di fronte al bello, al vero, si è più contenti, si ridesta quel desiderio di verità. Ad esempio dopo aver ascoltato il coro di Craco al concerto di ieri, dopo aver provato quel piacere, le mamme sono tornate più contente, e questo era evidente sui loro volti, erano più coscienti della sete di bellezza che ha il loro cuore. Anche lo studio diventa bello con questa coscienza, con l'ispirazione ideale nei fatti, nella realtà di tutti i giorni. Allora tornare a scuola dopo le vacanze è più bello, perché è più bello desiderare la felicità del cuore, perché è ridestata quella coscienza. Questo per noi è la strada alla resurrezione, essere pronti di fronte al male, cioè avere la ragione di tutto negli occhi e nel cuore, altrimenti si pensa che la vita non ha scopo. Quale è allora il lavoro da fare? Non è, per esempio, usare metodi o troppo repressivi o troppo libertini nella scuola per risolvere alcuni problemi. Ma creare situazioni dentro cui è possibile fare esperienza di questa ispirazione ideale: un professore che insegna storia dell'arte come potrà trasmettere il gusto dello studio sé non avrà nel suo lavoro un ispirazione ideale? Potrà spiegare un quadro e dire l'autore, la data, la corrente, la tecnica nei colori, nient'altro! Ma come potrà trasmettere il gusto di guardarlo se egli stesso per primo non ne esperimenta la bellezza!! E' dentro le situazioni che si creano, anche in quelle della fatica che è possibile aprirci alla nostra resurrezione, bisogna avere la pazienza di farsi colpire, farsi ferire dalla bellezza (come ha detto il Papa). Questa è la traiettoria da seguire, aspettare pazienti di fronte alla realtà dei fatti, e poi vedrai cosa viene fuori! Signore fa che io abbia la pazienza di seguire le Tue proposte, fa che io rimanga ferito dalla Tua bellezza.

È IMPRESSIONANTE SENTIRE AFFERMARE: SONO SOLA![25]

Dal Vangelo secondo Giovanni

«In quel tempo, Gesù disse: 'Le mie pecore ascoltano la mia voce e io le conosco ed esse mi seguono.
Io do loro la vita eterna e non andranno perdute in eterno e nessuno le strapperà dalla mia mano.
Il Padre mio, che me le ha date, è più grande di tutti e nessuno può strapparle dalla mano del Padre. Io e il Padre siamo una cosa sola'»[26].

E' impressionante sentire una ragazza o un ragazzo che ha amici, famiglia ecc., affermare: 'Io sono sola!', fa impressione perché è l'indice di una domanda che però non viene ascoltata da nessuno, e la persona rimane sola per questa indifferenza alla domanda. Ma il risvolto positivo è la coscienza di essere soli, cioè la coscienza che se manca qualcosa, allora esiste qualcuno che può colmare questa mancanza. Ecco il buon pastore, ecco colui che ti ricorda che sei solo, e nello stesso tempo di propone una strada, un progetto che è egli stesso, perché Egli colma quella mancanza ed è come se ti dicesse: 'Io prendo sul serio la tua solitudine, io ascolto la tua domanda'. Gesù rimaneva colpito dal rapporto tra pecore e padrone, ma non per un rapporto di sottomissione come si potrebbe pensare, ma soprattutto per la mansuetudine nella loro relazione con il pastore, ecco perché Gesù vuole che sia così il rapporto con i suoi amici. Perché sa che può renderci grandi.

Quando rimani colpito da una persona che ti affascina, allora ti accorgi che da lei dipendi, perché vorresti stare sempre con lui, diventare amico di questo uomo. Noi possiamo accorgerci subito di Gesù, e subito vorremmo conoscerlo; sarebbe come il primo desiderio di fronte alla bellezza di una ragazza, vorremmo cioè sapere tutto di lei, come si chiama, dove abita ecc. Così è stato per Cristo, subito ha avuto dietro di sè altri uomini colpiti e coscienti della loro solitudine.

Il punto nevralgico della fede è scoprire la sua convenienza, altrimenti si fa come

---

[25] Omelia tenuta il 29 aprile 2007 alle ore 11,00 IV domenica di Pasqua anno C nella chiesa parrocchiale di Craco.

[26] Gv 10, 27-30.

molti genitori che spingono i figli ad andare a messa ma solo per un precetto, o per una regola, un abitudine; e allora questi, seccati, vanno via. L'eccezionalità della presenza di Cristo invece, ci coinvolge e ci lancia, a tal punto da rendere visibile la stessa eccezionalità attraverso di noi, questo è straordinario! Io divento come Gesù, come Dio fatto carne, con la stessa eccezionalità, e allora la mia vita diventa unica, una bellezza unica fino alla visibilità fisica: dagli occhi al volto, al modo di affrontare le cose, di avere un giudizio sulla realtà. Desidero ricordare adesso le parole del Vangelo di oggi: 'Le mie pecore ascoltano la mia voce, io le conosco ed esse mi seguono'. Gesù sta dicendo che darà la vita per noi, il sacrificio più grande. Al di fuori di questo non c'è convenienza a vivere, perché non è affascinante rispondere solo a una regola, a una abitudine, non è affascinante, però bisogna farsi aiutare a scoprire il fascino e l'eccezionalità del Cristianesimo, ma senza prediche o discorsi, ma proponendo noi stessi come modello di vita conveniente, come grande opportunità a cui nessuno ha mai pensato prima. La convenienza è la scoperta di una amore sproporzionato a quella domanda sproporzionata del tuo cuore, e che nessuno può prendere sul serio tranne Cristo, perché per ciò che riguarda il cuore non è possibile accontentarsi. È come se Gesù ci dicesse: 'Alle mie pecore io do la vita eterna con un amore sproporzionato'.

C'É QUALCUNO CHE CONTA I MIEI CAPELLI[27]

Dal vangelo secondo Matteo

«Non li temete dunque, poiché non v'è nulla di nascosto che non debba essere svelato, e di segreto che non debba essere manifestato. Quello che vi dico nelle tenebre ditelo nella luce, e quello che ascoltate all'orecchio predicatelo sui tetti. E non abbiate paura di quelli che uccidono il corpo, ma non hanno potere di uccidere l'anima; temete piuttosto colui che ha il potere di far perire e l'anima e il corpo nella Geenna. Due passeri non si vendono forse per un soldo? Eppure neanche uno di essi cadrà a terra senza che il Padre vostro lo voglia. Quanto a voi, perfino i capelli del vostro capo sono tutti contati; non abbiate dunque timore: voi valete più di molti passeri!

Chi dunque mi riconoscerà davanti agli uomini, anch'io lo riconoscerò davanti al Padre mio che è nei cieli; chi invece mi rinnegherà davanti agli uomini, anch'io lo rinnegherò davanti al Padre mio che è nei cieli»[28].

«I capelli del vostro capo sono contati». Questo è il segno della stima che Cristo ha di noi. Il male che ci portiamo addosso non può impedire al Mistero di prendere iniziativa nei tuoi confronti. La stima verso di me e di te che raggiunge è tale che non aspetta di essere amato ma ama per primo. Siamo stati scelti prima, ci amati per primi. Se siete qui è perché qualcuno vi ha amato per primo: tua madre, una compagna di scuola, una suora di oratorio e giù giù fino a don Bosco e a Gesù e a Dio che ci dà l'essere. Non c'è niente di più reale di questo prima. Infatti se non c'è uno che ci dà l'essere ora non c'è niente.

L'amicizia è aiutarci a riconoscere quanto detto ora. A riconoscere che solo la Sua pietà può potarci fuori dalla nostra indolenza. Non c'è palpito del nostro cuore che non trae la sua origine dal Mistero infinito di Dio. Quando scopriamo che facciamo fatica, che qualcosa ci costa spesso non è una mancanza di energia o resistenza al sacrificio ma è una resistenza alla Sua bellezza.

---

[27] Appunti dalla meditazione tenuta durante il ritiro spirituale presso le Figlie di Maria Ausiliatrice di Reggio Calabria tenuto l'8 settembre 2007 invitato da sr. Immacolata Barbuto.

[28] Mt 10, 26-33.

«Beato che non si scandalizza di me»[29]. Beato chi non si scandalizza di questa mia mossa, di questo mio modo di amare, e lascia entrare questo Mio sguardo.

Il silenzio è dare spazio a questo prima che conta i capelli, non è una formalità. Ciò che ho descritto finora è il metodo dell'incarnazione, il Mistero di Dio si interessa concretamente di me fino ad accarezzare i miei capelli.

[29] Mt 11, 6.

QUALCOSA CHE DECIDE PIÚ DELLA STESSA VITA[30]

Dal Vangelo secondo Giovanni

«In principio era il Verbo,
e il Verbo era presso Dio
e il Verbo era Dio.
Egli era, in principio, presso Dio:
tutto è stato fatto per mezzo di lui
e senza di lui nulla è stato fatto di ciò che esiste.
In lui era la vita
e la vita era la luce degli uomini;
la luce splende nelle tenebre
e le tenebre non l'hanno vinta.
Veniva nel mondo la luce vera,
quella che illumina ogni uomo.
Era nel mondo
e il mondo è stato fatto per mezzo di lui;
eppure il mondo non lo ha riconosciuto.
Venne fra i suoi,
e i suoi non lo hanno accolto.
A quanti però lo hanno accolto
ha dato potere di diventare figli di Dio:
a quelli che credono nel suo nome,
i quali, non da sangue
né da volere di carne
né da volere di uomo,
ma da Dio sono stati generati.
E il Verbo si fece carne
e venne ad abitare in mezzo a noi;
e noi abbiamo contemplato la sua gloria,

[30] Omelia tenuta il 2 gennaio 2011 alle ore 11,00 II domenica dopo Natale nella chiesa parrocchiale di Craco.

gloria come del Figlio unigenito
che viene dal Padre,
pieno di grazia e di verità»[31].

Oggi non è la giornata del Buon Pastore che, invece, si celebra in aprile; ma c'è un collegamento con Gesù Buon Pastore. Gesù è il Buon Pastore significa che è cibo per il suo gregge, cioè per i suoi amici che sono coloro che Lui ha scelto. Infatti «Buono» significa che ha una cura integrale, totale, per il Suo gregge e questa cura è tale da dare il cibo vero che è Lui stesso; il Pastore Buono ha una cura tale dei suoi amici che dà se stesso come cibo, che il meglio di sé, non qualcosa di sé, dà la vita: «In Lui era la vita, e la vita era la Luce degli uomini»[32]; noi che ci nutriamo di questa vita rimaniamo sorpresi da tanta attenzione tanto da rendere il cuore pieno il doppio. Come ho detto ieri, sto insistendo su questi esempi, più o meno sono le stesse cose che ho detto la sera del 31, ho fatto due esempi, uno l'ho ripreso ieri, oggi riprendo il secondo esempio, sono diversi ma dicono la medesima cosa: capire come il Signore da Buon Pastore ci nutre facendosi carne! Ecco cosa c'entra il fatto che si fa carne: prende dimora; è come se uno prendesse un camper e lo venisse a mettere accanto a casa tua, e da questo camper nasce tutta l'attenzione per te fin nei minimi particolari! Immaginate un amico che si fa vicino di casa mettendo un camper proprio di fronte casa per te, per dirti come gli sei gradito; ma la cosa più bella è che questo gradimento, questa attenzione non viene meno neanche quando non rispondi con la stessa attenzione! Parlando con alcune persone in questi giorni era evidente, come dicevano loro, che questo Natale è andato bene perché non è successo niente; altri hanno detto che è evidente che questo Natale non è andato bene perché ci sono stati dei problemi. Sarebbe interessante dire quest'altra cosa che sto dicendo dal 31, e dirlo con questo secondo esempio che prendo dal libro *Si può vivere così*, l'autore di questo libro è don Giussani e racconta di sè di quando lo va a trovare un genitore di una sua alunna, lo vede presentarsi davanti alla porta e inizia a piangere e a singhiozzare, e gli dice : «Padre mi aiuti, mi salvi mia figlia perché non ne posso più, quando mi stringe la mano (sua figlia ha 17 anni ed è ammalata di cancro) e mi dice 'papà perché non mi guarisci?' mi scoppia il cuore, perchè non solo non so rispondere ma non vorrei stare lì di fronte a questa situazione!»; dice l'autore del libro: «Io gli devo rispondere!».

---

[31] Gv 1, 1-18.

[32] Gv 1, 4.

Una cosa simile mi è successa qualche mese dopo la morte di mio padre, quando una mia zia si è ammalata di cancro, e quando sono andato a confessarla mi ha chiesto: «Ma perché non mi guarisci? Ti prego guariscimi!»; avrei risolto tutti i problemi della parrocchia se fossi capace di guarire, ma non sono capace di guarire né chi è capace lo è per una capacità sua! Sentirsi fare una richiesta di questo genere è come avere addosso un macigno enorme e non ci sono consolazioni o strette di mano che tengano, ma ero anch'io consapevole che dovevo rispondere! come ha fatto l'autore del libro: «Io gli devo rispondere!» e così ho risposto: «Il Signore sa perché succede questo, perché questo è il bene tuo e il bene di tua figlia!». Più o meno ho detto la stessa cosa a mia zia e grazie a Dio si è confessata ed è morta serena. Perché questo corrisponde al disegno di Dio! Questo è il punto più importante! Se vi ricordate, nel *Paradiso* di Dante, quando Dante arriva in Paradiso rimane meravigliato perché i beati più vicini a Dio ed i beati più lontani da Dio sono tutti in armonia, sono tutti felici. Dante si meraviglia: «Voi non dovreste essere meno felici perché siete più lontani da Dio, comunque in Paradiso, ma più lontani da Dio?!» e i beati rispondono: «Ma la nostra felicità non dipende dal fatto che siamo più o meno lontani da Dio ma se noi stiamo nel posto dove Lui ci ha messi!»; così è la nostra vita: stare nel posto in cui Dio ci ha posti! Questa è la nostra vita; questo è il movimento di Gesù che prende il camper e si mette a fianco a casa, anticamente avrebbe usato una tenda adesso c'è il camper, e ti vuole insegnare a vivere così! È che con il camper si mette dentro cose come dentro le cose brutte! Vivere così è molto importante, a vivere così non si perde niente, ma proprio niente di tutto quello che ti è dato! Questo è il dono più grande per la tua pace! Partiamo da oggi per vivere così: questa è la vita che il Natale ci propone, per cui io sono libero! il Natale non dipende da fatto se vanno bene o male le cose, sono libero! Va bene comunque, va bene o va male! Questa seconda parte è la parte più difficile, ma non perché è difficile, ma proprio perché non esiste nella nostra mente la forma mentale o la categoria mentale che si può vivere intensamente anche una cosa che fa male, per cui diciamo, come ho detto prima: «Non è successo niente, è andato bene il Natale, ho avuto un problema che mi ha dato fastidio, non è andato bene il Natale». Ho sentito degli amici di Potenza che mi hanno detto che non è andato bene il Natale, perché hanno fatto incidente! E' chiaro che è andato male il Natale, hanno fatto incidente, ci mancherebbe! Però, io aggiungo, è tutto qui? Parlando con i miei amici gli ho detto: «Ma secondo te questo fatto non ti sta dicendo niente? Il Signore non ti sta dicendo niente? Se ti sta dicendo qualcosa significa che questo Natale potrebbe essere il più grande di tutti!». Questa categoria mentale non esiste perciò dobbiamo tornarci continuamente, lo dobbiamo dire e ridire, qui in chiesa, a casa vostra, perciò vi ho preparato un foglietto su questi punti che poi Alessandra vi darà: leggere e rileggere questi passaggi in modo tale che non si perda niente! Dicevo che questa seconda parte è difficile perché sembra astratta, sembra astratta perché noi non abbiamo la categoria di ragionare in questo modo, per cui quando faccio questo tipo di discorso mi vengono a dire che devo essere più concreto, allora lì si capisce che non c'è questa categoria mentale; continua don Giussani: «Così mi impongo di accettare, di affermare la presenza di un Altro con la 'A' maiuscola, di un Altro più importante che non la guarigione della figlia! Che non il bene di tua figlia! Più decisivo! Che decide di più della stessa guarigione della figlia, qualcosa che decide di più della vita tua e della vita di tua figlia! Più decisivo dell'amore a qualcuno! Più decisivo che il destino di salvarla!», più decisivo che chiedere la guarigione; non è sbagliato domandare la guarigione; eccome che bisogna chiedere la grazia della guarigione! Ma nello stesso tempo, mentre ci correggiamo anche nella nostra preghiera, chiediamo la grazia alla Madonna o san Vincenzo la grazia della guarigione del figlio dal cancro, chiediamo una cosa più grande, «Che Tu mi faccia vivere bene questa circostanza! Cioè domando Te che sei più importante che non la guarigione! Chiedo Te che sei Colui da cui dipende anche la guarigione!». In questo modo la preghiera apre, non mi chiude solo alla guarigione. La bocciatura di tuo figlio a scuola, per fare un altro esempio, è certamente negativa però ti sta parlando, sta dicendo qualcosa al figlio ragazzo e a te. Qual è allora il problema?

UNO SCOPPIO DI ALLEGREZZA[33]

Dal Vangelo secondo Matteo

«Nato Gesù a Betlemme di Giudea, al tempo del re Erode, ecco, alcuni Magi vennero da oriente a Gerusalemme e dicevano: 'Dov'è colui che è nato, il re dei Giudei? Abbiamo visto spuntare la sua stella e siamo venuti ad adorarlo'. All'udire questo, il re Erode restò turbato e con lui tutta Gerusalemme. Riuniti tutti i capi dei sacerdoti e gli scribi del popolo, si informava da loro sul luogo in cui doveva nascere il Cristo. Gli risposero: 'A Betlemme di Giudea, perché così è scritto per mezzo del profeta: "E tu, Betlemme, terra di Giuda, non sei davvero l'ultima delle città principali di Giuda: da te infatti uscirà un capo che sarà il pastore del mio popolo, Israele"'. Allora Erode, chiamati segretamente i Magi, si fece dire da loro con esattezza il tempo in cui era apparsa la stella e li inviò a Betlemme dicendo: 'Andate e informatevi accuratamente sul bambino e, quando l'avrete trovato, fatemelo sapere, perché anch'io venga ad adorarlo'. Udito il re, essi partirono. Ed ecco, la stella, che avevano visto spuntare, li precedeva, finché giunse e si fermò sopra il luogo dove si trovava il bambino. Al vedere la stella, provarono una gioia grandissima. Entrati nella casa, videro il bambino con Maria sua madre, si prostrarono e lo adorarono. Poi aprirono i loro scrigni e gli offrirono in dono oro, incenso e mirra. Avvertiti in sogno di non tornare da Erode, per un'altra strada fecero ritorno al loro paese»[34].

Ciò che abbiamo messo in rilievo in questi giorni di grande festa, di allegria e di gioia, ciò che abbiamo messo in evidenza è come è possibile una gioia grande, una certezza immensa. Questa certezza e questa pienezza non la spieghiamo da ciò che abbiamo o da ciò che facciamo, e su questo ognuno di voi può fare tantissimi esempi, se accreditiamo la possibilità di una certezza o di una pienezza con ciò che potremmo avere o con ciò che potremmo fare, ma poi siamo smentiti dai fatti stessi, cioè siamo smentiti proprio da ciò che abbiamo e da ciò che facciamo, perciò la predica sta prendendo un'altra traiettoria. Questo era il suggerimento fin dalla notte di Natale: la nostra gioia è nella Sua pienezza, la nostra gioia è nelle meraviglie che Lui fa

[33] Omelia tenuta il 6 gennaio 2011 ore 11, 00 Epifania del Signore nella chiesa parrocchiale di Craco.

[34] Mt 2, 1-12.

continuamente in mezzo a noi.

La festa di oggi che non conclude questa grande festa come normalmente si pensa, anzi, oggi è proprio la manifestazione più clamorosa di questa possibilità di pienezza che viene introdotta nel mondo. La Chiesa usa una parola per dire questa manifestazione e questa comunicazione, la chiama missione. Manifestazione e comunicazione di ciò che rende bella, intensa, grande, certa la mia vita. Se non è ciò che abbiamo o ciò che facciamo, ciò che avremo o ciò che possederemo ma nella Sua presenza e nelle meraviglie che Lui compie in mezzo a noi, se è questo, uno scoppia di allegrezza e lo dice a tutti, caso mai se non lo dice si vede e te lo indica. Questo è quello che è accaduto ai magi, questo è quello che è accaduto ai pastori: stupiti da questa novità che si introduceva nella loro vita hanno trasmesso quello che avevano vissuto, certamente non si sono messi, come normalmente si pensa, a fare riunioni a fare discorsi, a raccogliere il vicinato e fare una predica. I pastori, immagino che, tornando a casa guardati dal loro padrone, guardati dai loro collaboratori, dagli altri colleghi di lavoro o dai familiari stessi, sono rimasti sorpresi: «Ma che cosa avete visto a Betlemme?», ecco che scatta la missione, è iniziata la comunicazione, hanno messo in comunione la Presenza che avevano incontrato, e vi voglio fare un esempio e lo prendo da una lettera che mi è giunta prima di Natale, che è altrettanto significativa come le altre testimonianze o lettere che vi ho letto; è un esempio di quello che ho detto pocanzi, è una signora che mi scrive e mette in evidenza che l'esperienza di cristianesimo vivo passato, per grazia di Dio, da me a lei, ora è passato alla figlia in modo imprevisto: «Caro professore desidero esprimerLe gratitudine per ciò che è avvenuto a mia figlia; l'incontro con Lei [cioè con me, io mi sono incontrato una sola volta con questa ragazza che ha avuto grossi problemi con il fidanzato, con l'università, con lo studio ecc.] ha segnato l'inizio di un cambiamento graduale e progressivo fino al bisogno di mia figlia di dirlo; ho gridato al miracolo e ho ringraziato Lei e don Giussani quando ho visto mia figlia riemergere dall'abisso della tristezza paralizzante in cui mi era sprofondata. Dopo settimane di silenzio ha iniziato a parlare [si era chiusa al mondo, a tutti, non parlava neanche con i genitori] ha riletto quelle pagine che Lei le ha consigliato di leggere e mi ha chiamata per leggere le frasi che l'avevano colpita e insieme abbiamo riflettuto su quelle frasi. Mentre esponevo a mia figlia le mie riflessioni mi riaccadeva [ecco la missione, ecco la comunicazione] mi riaccadeva tutto, mentre io le parlavo riaccadevano a me le cose di cui io parlavo: è veramente un fatto straordinario! Nei momenti difficili ho mendicato in cuor mio il vero per mia figlia».

Questa è la seconda cosa che ho detto in questi giorni: io desidero comunicare alle persone a me care ciò che io vivo, però né con le parole nè imponendogli di andare a messa, o di andare alle riunioni perché stiamo parlando di tutt'altro; ma se tu mendichi il vero per tua figlia, per tuo figlio, come ha fatto questa signora si può aprire una possibilità; vedete non gli ha detto di andare a messa o alla riunione!

Continuo la lettura della lettera: «Nei momenti difficili ho realizzato in cuor mio il vero per mia figlia, tutto il resto è secondario, marginale, persino i suoi studi; ho vissuto questa esperienza [che bello: come i pastori, come i magi] con stupore, ed ho vissuto questa esperienza dura nella mia famiglia come un'opportunità che il Mistero mi ha donato. Mentre imploravo il bene per mia figlia si è ridestato in me il desiderio intenso di appartenere in modo totale e in modo incondizionato. Non posso non esprimerLe la gratitudine per questa esultanza che mi ha fatto capire che questo è il desiderio più grande! Sono grata al Mistero per questo dono e sono grata a Lei che ha mostrato tanta attenzione e disponibilità nei miei confronti e ha cercato di aiutarmi anche in questa circostanza. Le sono grata per aver accettato di essere mio maestro nonostante gli ostacoli, penso che abbia un valore educativo; anche le circostanze della vita consentono di vivere con intensità e gioia tutto, si diventa innamorati della realtà perché tutto è segno dell'Essere, della Sua bellezza completamente tangibile in ciò che appare. Le auguro Buon Natale, ecc.»

Ecco, non aggiungo altro, avete visto che è possibile? Avete visto che ci viene testimoniamo che è possibile il cambiamento mio e di ognuno di noi e delle persone che ci stanno più a cuore? Perciò mendichiamo la Sua presenza, mendichiamo il Vero per noi e per le persone a cui teniamo!

PRESI DA UNA UMANITÁ VIVAMENTE PRESA[35]

Dal Vangelo secondo Matteo

In quel tempo, Gesù dalla Galilea venne al Giordano da Giovanni, per farsi battezzare da lui.
Giovanni però voleva impedirglielo, dicendo: «Sono io che ho bisogno di essere battezzato da te, e tu vieni da me?». Ma Gesù gli rispose: «Lascia fare per ora, perché conviene che adempiamo ogni giustizia». Allora egli lo lasciò fare. Appena battezzato, Gesù uscì dall'acqua: ed ecco, si aprirono per lui i cieli ed egli vide lo Spirito di Dio discendere come una colomba e venire sopra di lui. Ed ecco una voce dal cielo che diceva: «Questi è il Figlio mio, l'amato: in lui ho posto il mio compiacimento»[36].

Stiamo alla tappa più prossima a ognuno di noi, più sensibilmente percepibile per ognuno di noi e sarebbe la manifestazione di un grande dono, ma siamo partiti da quella affermazione, da quella indicazione di esperienza, non tanto «cosa è il Natale?» ma «quando io faccio l'esperienza del Natale?». Quando mi sento preso dall'Amore che mi ha preso! E questo Amore mi ha preso il giorno del battesimo, come il Padre ha preso Gesù il giorno del Suo battesimo. Poi, quest'amore che mi ha preso, è tornato continuamente a galla attraverso tanti momenti, tante circostanze, tanti incontri; incontri soprattutto con una umanità vivamente presa, e questo essere presi oggi, qui, dall'Amore che ci ha presi ci rende certi e pienamente soddisfatti per cui tutte le cose che abbiamo, tutte le cose che facciamo prendono un altro aspetto, non ci ricattano più ma siamo noi che li utilizziamo per migliorare il nostro passo verso il nostro cammino.

Secondo passaggio che abbiamo fatto in questi giorni è quello della missione e dicevamo che da quando abbiamo incontrato Gesù come presenza certa e sensibile, percepibile, noi non siamo più nostri, io non sono più mio ma sono per gli altri: io sono per la famiglia a cui sono stato consegnato, sono per quella casa lì, per cui

[35] Omelia tenuta il 9 gennaio 2011 alle ore 11,00 Battesimo del Signore anno A nella chiesa parrocchiale di Craco.

[36] Mt 3, 13-17.

mentre preparo il sugo il mio cuore deve desiderare che i miei figli, i miei parenti ecc. desiderino ciò che io stesso sto vivendo in questo momento. Questa è ciò che la Chiesa chiama missione: mentre pulisco la casa chiedo che si rinnovi il miracolo della Sua presenza come si è rinnovata per me e che si rinnovi per loro, per questa famiglia qua, per questi bambini che mi guardano, per questo marito che mi guarda. Non posso accontentarmi e dar loro il mio amore ma dargli il mio amore fino a desiderare e domandare che gli accada la meraviglia della Sua presenza come è accaduto a me, come è accaduto a Giovanni e ad Andrea.

Il passaggio che facciamo oggi, che è legato a tutti i precedenti passaggi che sono un'unica cosa, è la partenza, alla fine viviamo per la partenza. Qual è la partenza? Da cosa mi accorgo che io desidero veramente che si rinnovi lo spettacolo della Sua presenza, che diventi comunione tra me e te che sei mia moglie che sei mio marito? Se io continuamente riconosco il gorgogliare dentro il mio cuore questa domanda: «Venga il Tuo Regno! Vieni Signore!», questa è la partenza, questa è la partenza più semplice, più piccola, più facile, più umana di tutte, più umana perché è nell'uomo, la verifica è nell'uomo, per cui più avverto la Tua umanità. Più avverto la mia sproporzione più si accentua la domanda, e mi chiedo: «Se io non posso darmi da me il cibo lo chiedo a qualcuno, se non posso darmi da me la possibilità di una vita bella e vera la chiedo». Come faccio a vivere dentro questa casa senza dire: «Venga il Tuo Regno!». Cerchiamo di fare questa esperienza tornando a casa. Tornando a casa di ricordarci appena vedi il volto dei tuoi cari: «Gesù vieni su questo volto, Gesù vieni dentro questo cuore!», o, appena usciti dalla chiesa appena andiamo alla panchina diciamo: «Gesù venga il Tuo Regno, venga la Tua vita nella vita di quest'uomo o di questa donna!». Questo ci fa capire che siamo in missione, se da dentro il nostro cuore si sente questo impeto di domanda sto in missione, mi accorgo che io sto lì per te! Qual è il risultato? O se ne accorgono o non se ne accorgono, ma speriamo che se ne accorgano, il risultato è certezza, pienezza, tenerezza, allegrezza, gioia. Queste sono tutte le parole che sono state sottolineate in questo periodo dal profeta Isaia, dal capitolo 60 fino al capitolo 62, sono i capitoli che più di ogni altro hanno sottolineato questo Natale; e poi i brani di vangelo sull'infanzia di Gesù, continuamente parlano di certezza, di pienezza, di allegria, di gioia.

Affrontiamo questa settimana pregando in questo modo: «Fa o Signore che la mia vita diventi il Tuo Regno! Fa o Signore che la mia vita diventi un evento continuo di Te!».

PREPARÁTI A CIÓ CHE ACCADE[37]

Dal Vangelo secondo Matteo

«In quel tempo, vedendo le folle, Gesù salì sul monte: si pose a sedere e si avvicinarono a lui i suoi discepoli. Si mise a parlare e insegnava loro dicendo:
«Beati i poveri in spirito,
perché di essi è il regno dei cieli.
Beati quelli che sono nel pianto,
perché saranno consolati.
Beati i miti,
perché avranno in eredità la terra.
Beati quelli che hanno fame e sete della giustizia,
perché saranno saziati.
Beati i misericordiosi,
perché troveranno misericordia.
Beati i puri di cuore,
perché vedranno Dio.
Beati gli operatori di pace,
perché saranno chiamati figli di Dio.
Beati i perseguitati per la giustizia,
perché di essi è il regno dei cieli.
Beati voi quando vi insulteranno, vi perseguiteranno e, mentendo, diranno ogni sorta di male contro di voi per causa mia. Rallegratevi ed esultate, perché grande è la vostra ricompensa nei cieli»[38].

Un suggerimento che ci dà il vangelo questa mattina ci viene attraverso una delle beatitudini: «Beati i puri di cuore perché vedranno Dio!» Il suggerimento che ci dà è questo: essere preparati a quello che il Signore fa accadere; la preparazione è molto importante perché se non ci si prepara quello che potremmo capire non lo capiamo, quello che di nuovo e di bello può esserci proposto ci sfugge. Questo vale anche per

[37] Omelia tenuta il 30 gennaio 2011 alle ore 11,00 IV domenica T. O. anno A nella chiesa parrocchiale di Craco.

[38] Mt 5, 1-12.

la messa della domenica: se uno arriva con il proprio vuoto la messa diventa inincidente, è come se il cuore non fosse pronto ad amare quello che viene proposto. Ma vale anche per le altre cose. Io mi accorgo quando vado a scuola e non mi sono preparato, non nel semplice senso di studiare le cose che devo dire, ma nel senso di non aver preparato l'animo a quello che deve accadere; in questo modo il livello di insegnamento è più basso; questa cosa è talmente vera, è talmente importante e urgente che il Signore fin da piccoli ci prepara a Lui. La nostra natura la fa pronta da piccoli, da piccoli per natura siamo spalancati. Perciò Gesù dice quella famosa frase: «Se non sarete bambini non entrerete nel Regno dei cieli, se non siete puri non capirete queste cose importanti!». Però negli anni vuole la nostra partecipazione a questa preparazione per cui, per esempio, quando qualcuno mi dice: «Ma io mi distraggo durante le preghiere», ma ti sei preparato? Ti sei messo di fronte alla presenza di Gesù prima di recitare le preghiere? Per cui bisogna piuttosto confessarsi non tanto della distrazione quanto piuttosto del non essersi preparati, di non aver chiesto di incontrarLo, di non aver chiesto di riconoscerLo. Allora il punto di partenza più urgente è il prepararsi, mettersi di fronte all'imponenza della Sua presenza, della presenza di Gesù. Ora ve lo voglio dire con un esempio: una ragazza ha partecipato ad uno dei soliti incontri a cui spesso ho fatto riferimento la domenica. Questa ragazza interviene mentre il sacerdote che guida l'incontro la ascolta e questa lei condivide quello che gli è capitato: «Mi è capitato un fatto e mi ha fatto capire come io ho bisogno che l'annuncio cristiano, quello che si fa ogni domenica mattina, l'annuncio cristiano di cui tu hai parlato a Natale - si riferiva al sacerdote - ho bisogno che questo annuncio diventi rispondente alla mia vita, ho bisogno di scoprire come risponde alla mia vita!»; e su questo si può subito aprire una piccola parentesi: verifica un pò se vivendo di fronte a questa presenza vivi in un altro modo tutto, fino a dire ai ragazzi: «Guardate che se rimane questa nostra amicizia che ci aiuta a metterci di fronte a questa presenza quando gioca l'Inter ti diverti di più, eccome che ti diverti!, non solo, ma apprezzi di più il bel gioco anche della squadra».

Ho notato una cosa strana in una classe questa settimana: addirittura l'appartenenza alla squadra del cuore, in alcuni casi, ha chiuso i ragazzi tanto che non apprezzano più la bellezza del gioco delle altre squadre, perché la cosa importante è appiattirsi sulla propria squadra fino a litigare. In questo modo si dimentica la cosa più importante a cui l'appartenenza alla mia squadra mi deve aiutare, e cioè, ad aiutarmi a farmi vedere che c'è di fronte a me un qualche cosa di bello che io sono chiamato ad apprezzare; vedete, non c'è una preparazione ad apprezzare la bellezza delle altre squadre, c'è una chiusura per cui non capisco il bello che accade. La mia squadra mi chiude e non mi apre, non mi prepara ad apprezzare il bello di altri.

Riprendiamo il racconto della nostra ragazza: «Io ho bisogno di vedere come questo prodigio dell'annuncio cristiano entra e risponde come nessun altro alla mia vita; poi è successo che andando in caritativa[39] con un gruppo di amici è successo che attraverso la caritativa abbiamo incontrato una donna peruviana che ha iniziato a partecipare a questo nostro gesto e poi questa donna ha incominciato a partecipare alla scuola di comunità», la ragazza racconta di come è rimasta sorpresa da questa donna peruviana: «É sorprendente vedere come questa donna ascoltando queste cose [quelle dette a scuola di comunità, o come potrebbe accadere questa mattina] è sorprendente vedere come lei, questa donna peruviana, ascoltando le cose che vengono dette continui a ripetere: caspita, è proprio vero! E' vera questa cosa qui!». Come può accadere in questo momento: se c'è un animo pronto, disponibile, desideroso di imparare, e questo, come ho detto prima, accade se si è preparati all'incontro, ci viene da dire, accade questa mattina stessa e ci viene da esclamare: «È vera questa cosa che abbiamo ascoltato dal vangelo, o, quella cosa della predica come è vera!». Cosa significa che è vera? Che il cuore sta trovando la risposta! Questa coincidenza tra quello che ho detto e quello che mi viene proposto si chiama vero, perciò quando diciamo, per esempio, 'Questo rapporto è diventato più vero' significa che abbiamo trovato qualcosa che coincide di più con il cuore. Continua la ragazza: «L'ultima volta questa donna peruviana ci ha detto: anch'io voglio quel libro che voi utilizzate, perché queste cose che voi dite non le voglio perdere, le voglio rileggerle' e così dopo gli ho dato il libro e poi sono andata a salutarla prima che partisse per il Perù e mi ha colpito che dopo l'incontro, dopo la scuola di comunità, il giorno seguente questa donna è tornata e ancora raccontava del fatto di quello che la sera le era accaduto, di come lei scopriva questa coincidenza tra le attese del cuore e quello che il sacerdote diceva all'incontro; il giorno dopo continuava a parlare e a raccontare questo'.

Possiamo anche noi fare la stessa esperienza: se questa sera se queste parole, se questa realtà che ci viene incontro, la realtà con la "R" maiuscola, lasciamo che domini il nostro cuore, i nostri occhi, come dominarono il cuore e gli occhi di Giovanni e Andrea.

'Andandola a salutare perché partiva per il Perù gli accadeva questa cosa; Andando dal parrucchiere ha raccontato questa cosa così come la sto raccontando a voi io oggi:

[39] La caritativa consiste nell'andare a fare un gesto di carità insieme, comunitariamente.

‘ma sapete cosa mi sta succedendo?’, e la cosa più sorprendente è che hanno incominciato a farle delle domande in questo senso: ‘Ma cosa è questa scuola di comunità? E perché siamo invitati a fare un offerta in chiesa tutte le domeniche?’. Quando hanno fatto queste osservazioni io sono rimasta molto colpita perché davo per scontato cosa è la messa, cosa è la predica, cosa sono le cose che si raccontano nella predica, davo per scontato cosa significa “le beatitudini”, davo per scontato il fatto di dare l’offerta che non incide minimamente. Questo mi ha colpito, mi ha colpito perché attraverso questa donna che per la prima volta scopre il cristianesimo le tue parole sono così diventate incidenti, suscitano così grande vita».

Anch’io mi accorgo di questo tante volte, quando dico una cosa c’è qualcuno che si irrigidisce, qualche altro rimane indifferente e qualche altro si mobilita, si muove! La stessa proposta tre reazioni diverse: da cosa dipende il modo di reagire? Dalla tua posizione umana, da come sei tu! Da come ti prepari alle cose! Tanti non sono cambiati, con Gesù di fronte ai loro occhi queste persone sono diventate più cattive di prima. «Sono uscita – continua la ragazza - con le gambe che mi tremavano quella sera perché mi ha colpito come arrivino le parole, come suscitano la vita, come invece in me le stesse parole non hanno suscitato la vita. Ho avuto bisogno di questa donna per tornare a capire cosa significa la messa la domenica, cosa significa la purezza, cosa significa l’offerta, ecc.».

Concludiamo: vi chiedo un altro attimo di attenzione per non perdere nulla, vi chiedo un altro attimo di attesa perché non diventi vano questo grande gesto della messa la domenica. Insomma che esperienza si può raccontare? L’imponenza della presenza di Gesù che rende possibile rapporti così intensi, rapporti con cose e persone così intensi, tanto è vero che poi lo vuoi dire a tutti. Proprio ieri sera è accaduto con una alunna che è venuta a trovarmi, adesso è già all’università, una mia ex alunna, e mi ha detto: «Guarda mi hai fatto leggere quelle cose sul libro, sul sacrificio, adesso ho deciso di raccontarlo al mio ragazzo. Che bello amarsi così! Ed ho comprato quel libro e glielo voglio regalare al suo compleanno!». Di cosa ha parlato questa ragazza? Di Gesù che si è fatto strada nel suo cuore attraverso la lettura e le parole che gli ho fatto leggere. E’ rimasta talmente sorpresa che la prima cosa che ha pensato sono le sue persone care; al suo fidanzato al quale vuole regalare il libro per leggerlo con lui e alla madre: «Perché voglio che lei mi ami così!».

Prima domanda: che esperienza c’è dietro tutto questo? L’imponenza della presenza di Gesù rende possibile rapportarsi in questo modo per esempio con la mamma, per esempio con il fidanzato! La seconda domanda, con la quale concludiamo: ma come è possibile che abbiamo questa grandissima difficoltà a cogliere quelle realtà? Perché c'è questa difficoltà? Sta accadendo di fronte ai tuoi occhi qualcosa di nuovo, di eccezionale e grande e non lo vogliamo, ma perché? Perché rimaniamo alla superficie, rimaniamo ai margini della grandezza, oserei dire: rimaniamo all'apparenza, alla simpatia o antipatia che una data parola, un dato accenno, una data esperienza ci suggerisce; e quando si rimane all'apparenza? Si rimane all'apparenza, ai margini, alla superficie quando pensiamo già di sapere tutto ma senza farne l'esperienza. Non si è pronti a vivere quello che viene proposto! Qual è la conseguenza? Ciò che il cuore attendeva non viene accolto! Invece l'invito all'apertura di cuore è per essere preparati a fare esperienza dell'imponenza della Sua presenza!

LA SVOLTA È POGGIATA SUL TUO 'IO[40]

Si nota anche all'esterno il peso della tristezza che porti nel cuore, e si nota dal volto e dalla minore luce degli occhi; si nota dal modo di vivere e di comportarti quel velo di tristezza che ingombra il tuo cuore. La ragione principale per cui il nostro cuore è ingombrato da una tale tristezza è che ci lasciamo mancare la cosa che più urge al nostro cuore! Questo velo di tristezza è dato da qualcosa che tu ti lasci mancare! Non ci facciamo mancare niente da nessun punto di vista: dal punto di vista del vestiario, del cibo, delle vacanze, dal punto di vista di quella che si dice «qualità della vita», però, poi perché è così devastante questa tristezza? Così amara? Per noi che siamo cristiani non dovrebbe essere così: il cristiano è colui che più degli altri vive una felicità infinita qui nel presente! Eppure anche noi siamo devastati da questa amara tristezza, a volte, addirittura di più rispetto agli altri, in alcuni casi fino ad essere disperati. Viviamo grassi e disperati!

Viviamo in modo grasso nel senso che non ci facciamo mancare niente ma disperato perché ci manca l'essenziale, ci manca la cosa più importante. Fino a quando noi ci priviamo della cosa più importante la disperazione non farà altro che farsi largo sempre di più; prendete per esempio il metodo per valutare la crescita del figlio: se sta bene in salute, se non gli manca niente, se va bene a scuola; nella valutazione manca la cosa più importante e poi purtroppo i genitori rimangono male perché dopo che hanno garantito tutto questo, i figli, a volte, si rivoltano contro. Questa è una descrizione non esagerata, è una descrizione realistica che si basa addirittura sul rapporto Censis. Eppure dentro questa descrizione cupa, seppur realistica, c'è una grande possibilità di svolta, ma la svolta è poggiata sul tuo "io", sul tuo "si". Non si può poggiare sul sistema che deve cambiare, non è poggiata, per esempio, sul fatto che non ci deve essere questo capo di governo ma ci deve essere un altro capo di governo. O non si può poggiare sul fatto che non ci deve essere questo partito, ma quell'altro partito, sul fatto che non ci sia questo sistema scolastico, ma un altro sistema scolastico. Il punto nevralgico sei tu! Il tuo io! Come si può rispondere a questa drammaticità? A questa situazione?

Come tentare questa svolta? Anche questo quante volte l'ho detto sia in pubblico

[40] Omelia, tenuta il 13 febbraio 2011 alle ore 11,00 VI domenica T. O. anno A nella chiesa parrocchiale di Craco, non ha seguito il vangelo domenicale per l'urgenza di alcune questioni sorte in parrocchia.

che in privato, l'ho sempre detto! Vengono i genitori e mi chiedono «Come devo fare con mio figlio?». Gli rispondo perentoriamente: «Devi cambiare tu! Non esiste la ricetta, devi cambiare tu!». Non c'è possibilità di soluzione alternativa a questa. La disperazione già così devastante si attacca sempre di più se tu non segui quell'opportunità, per esempio, che ogni domenica mattina ti viene offerta. Se tu per primo non segui l'imponenza della presenza di Cristo così vivida e così misericordiosa che ogni domenica si ripropone a me, a te, al tuo cuore, ai tuoi occhi, non fai altro che incrementare questa disperazione. La tristezza è data da qualcosa che ti fai mancare e ti fai mancare l'unica cosa che urge al nostro cuore, ti fai mancare l'unica cosa che urge che è la Totalità con la «T» maiuscola, il Tutto! L'unico che ha avuto la pretesa di essere Tutto per la mia vita è stato Cristo. È impressionante nella Sua attenzione al mio cuore! E' impressionante e pressante perhè vuol farti felice, vuol farmi felice mille volte di più di come potrei fare io. Allora, il primo motivo della tristezza è questo: mi faccio mancare la cosa che più mi sta veramente a cuore: dopo che mi sono permesso tutto mi manca ancora qualcosa, e questo qualcosa è Lui.

Secondo motivo: è che vivo caricando le cose di una aspettativa esasperata, esagerata: si ha l'impressione che più si ha più si è; più si fa e più si è; dopo ti accorgi che ancora una volta ti manca qualcosa dopo che hai preso tanto ed hai fatto tanto.

Adesso ti voglio parlare a tu per tu, come se fossimo io e te, soli io e te in questo momento, voglio parlare al tuo cuore: in quello che non mi hai seguito fino ad ora incomincia a seguirmi adesso! Sto parlando a te! A ognuno singolarmente, preso ad uno ad uno, per cui quello che dico non è una predica che deve passare sfiorando i capelli, sto parlando attingendo dal mio cuore verso e presso il tuo cuore: in quello che non mi hai seguito fino ad ora seguimi adesso! Perché hai dei figli, avrai dei figli, hai degli alunni, avrai degli alunni, hai degli amici, hai una famiglia, hai una moglie, perché avendo queste persone care e incominciando a seguirmi puoi risparmiare loro le pene e le sofferenze che non hai risparmiato a te stesso! Ripeto: in quello in cui non mi hai seguito fino ad ora seguimi adesso perché hai delle persone che ti stanno a cuore, perciò puoi risparmiare a te e a loro, a queste persone care, la disperazione e l'amarezza che non ti sei risparmiato fino adesso perché non mi hai seguito! Perché è strano che arrivano delle sofferenze e uno se la prende con Dio! Arrivano dei dolori, e il primo pensiero è: «É Dio che mi sta punendo! E' Dio che ce l'ha con me!». Questa posizione non è razionalmente corretta. Non è razionalmente corretta perché è la ragione che mi dice che non è possibile che sia così perché, come ho detto prima, non hai dato al tuo cuore fino adesso la cosa che più gli urgeva; hai vissuto dell'immediato e siccome il Signore non vuole abbandonarti ti scuote, ti parla, e ti parla in modo concreto, e invece di viverlo come un'occasione, di vivere quella vicenda come un'opportunità di attenzione nei tuoi confronti c'è una ribellione. Perciò la strada è questa: incomincia tu a cambiare dicendo semplicemente e umilmente «sì!» Abbandonandoti a questo abbraccio di misericordia che questa mattina il Signore vuole consegnarti! La croce ti fa storcere il naso, ma la croce è la condizione; puoi evitarla quanto vuoi ma prima o poi sei costretto a guardarla in faccia e ti viene chiesto di accettarla, ad abbracciarla. Quella croce, quella sofferenza che ti viene, non devi rifiutarla, non devi andare via! Perché è l'inizio! E l'inizio ti apre a quel Vero a cui hai detto di no! Perciò, concludiamo chiedendo questa grazia: fa, o Signore, che io segua ciò che fino adesso non ho seguito!

IL BUCO DELLO STOMACO[41]

Dal vangelo secondo Giovanni

«In quel tempo, Gesù andò all'altra riva del mare di Galilea, cioè di Tiberìade, e una grande folla lo seguiva, vedendo i segni che compiva sugli infermi. Gesù salì sulla montagna e là si pose a sedere con i suoi discepoli. Era vicina la Pasqua, la festa dei Giudei. Allora Gesù, alzati gli occhi, vide che una grande folla veniva da lui e disse a Filippo: 'Dove possiamo comprare il pane perché costoro abbiano da mangiare?'. Diceva così per metterlo alla prova; egli infatti sapeva bene quello che stava per fare. Gli rispose Filippo: 'Duecento denari di pane non sono sufficienti neppure perché ognuno possa riceverne un pezzo'. Gli disse allora uno dei suoi discepoli, Andrea, fratello di Simon Pietro: 'C'è qui un ragazzo che ha cinque pani d'orzo e due pesci; ma che cos'è questo per tanta gente?'. Rispose Gesù: 'Fateli sedere'. C'era molta erba in quel luogo. Si misero dunque a sedere ed erano circa cinquemila uomini. Allora Gesù prese i pani e, dopo aver reso grazie, li distribuì a quelli che si erano seduti, e lo stesso fece dei pesci, finché ne vollero e quando furono saziati, disse ai discepoli: 'Raccogliete i pezzi avanzati, perché nulla vada perduto'. Li raccolsero e riempirono dodici canestri con i pezzi dei cinque pani d'orzo avanzati a coloro che avevano mangiato. Allora la gente, visto il segno che egli aveva compiuto, cominciò a dire: 'Questi è davvero il profeta, che deve venire nel mondo!'. Gesù, sapendo che stavano per venire a prenderlo per farlo re, si ritirò di nuovo sulla montagna»[42].

Come si fa a capire bene le cose? Qual è la condizione per capirle bene e goderne tutto il vantaggio? La condizione è quella di essere bambino, di essere aperti, di essere semplici. Le cose più grandi sono rivelate ai più piccoli perché non vedono le cose da un buco. La moltitudine di uomini che aspettavano da mangiare vedevano dal buco piccolo piccolo dello stomaco che aveva fame. Cosa vedevano? La risoluzione economica, che è pure importante, ma è una qualcosa di ridotto. Si può anche

[41] Omelia tenuta il 29 luglio 2012 febbraio 2011 alle ore 11,00 XVII domenica T. O. anno B nella chiesa parrocchiale di Craco.

[42]Gv 6,1-15.

soddisfare il bisogno economico, si può risolvere anche la questione materiale ma ci si accorge che manca ancora la soluzione migliore, manca l'affronto della cosa più importante: quella del cuore. La gente diceva: «Questo tira fuori da mangiare per cinquemila uomini, questo lo facciamo re». Coloro che non sono semplici si fermano a quanto vedono dal buchino! Gli adulti vogliono la soluzione di quel problema specifico: il problema economico, il problema del lavoro; ma se non guardassero dal buco capirebbero che la soluzione del problema è legata ad un'altra cosa.

Faccio un esempio: che cosa è successo a Pietro Sarubbi,[43] l'attore del film *The Passion*, autore del libro *Da Barabba a Gesù*? Ha ricevuto la telefonata da Mel Gibson, regista del film *The Passion*, e Pietro Sarubbi è stato contentissimo! Ma ha guardato questa proposta dal buchino! Cosa vedeva Pietro Sarubbi quando Mel Gibson gli ha detto: «Voglio che tu faccia Barabba»? Ė rimasto deluso, perché guardando dal buchino aveva pensato che dovesse fargli interpretare almeno il ruolo di San Pietro. Ha guardato la proposta dal buchino piccolo, dal buchino povero. Invece Mel Gibson gli comunica: «Tu devi interpretare Barabba! Sei tagliato per interpretare il ruolo di Barabba!». Pietro Sarubbi accetta anche se a malincuore. Iniziano a girare il film e Pietro Sarubbi si accorge che non deve dire neanche una parola. A questa scoperta reagisce, deluso e amareggiato. Comunica al regista questa difficoltà poiché desiderava una parte più importante, infatti pensava che quanto più grande sarebbe stata la scena, più visibilità avrebbe ottenuto, più sarebbe diventato famoso, più sarebbe stato soddisfatto, più sarebbero aumentati i soldi!

Certo, non sono cose sbagliate, ma rimane sempre un buchino rispetto a quello che gli è accaduto in seguito. Pietro Sarubbi ha avuto il coraggio di uscire dall'orizzonte del suo buco e accoglie le ragioni di Gibson: nella scena di Barabba l'attore non deve dire neanche una parola perché Barabba non ha più parole! Ha urlato tutto il suo fiato per l'ingiustizia subita a causa dei romani! Chi non si sente Barabba! Io tante volte mi sono sentito Barabba quando a volte ho gridato contro le ingiustizie! Mel Gibson spiega a Pietro Sarubbi: «Barabba non è un ladrone ma è un uomo che si è battuto contro i romani! Ė stato prigioniero, è stato torturato fino ad essere trasformato in una bestia, e come le bestie non ha più parole ma descrive tutto con gli occhi. Questo è quello che devi fare tu! Devi esprimere tutto con gli occhi, e negli occhi si deve vedere che sei un uomo che continua a gridare con il cuore! Che sei un uomo onesto! Con gli occhi devi continuare a gridare che non sei né un ladrone né un delinquente!

[43]Pietro Sarubbi, attore poliedrico, è anche autore e regista per il teatro, conduttore televisivo, giornalista e scrittore. E' docente di Regia presso Milano Cinema e Televisione.

Questo film deve passare tutto dai vostri occhi! Soprattutto dagli occhi di Gesù, come tutto il vangelo passa attraverso gli occhi di Gesù!». È per questo che il film è stato girato facendo utilizzare le lingue originali, l'ebraico e il latino.

Pietro Sarubbi incomincia a capire quanto è importante la figura di Barabba e interpretarla in quel modo, e conclude dicendo: «Adesso capisco!». Perché ha capito? Perché ha aperto la prospettiva! Perché ha aperto gli orizzonti! Ha deciso di uscire dal buco!

Quando faccio una proposta di miglioramento solitamente le persone mi rispondono: «Ma abbiamo fatto sempre così!» e ci si chiude! Ecco il buco: la ristrettezza del buco è in quello che tu vedi e in quello che tu pensi! Come se la tua famiglia, il tuo paese, fossero il mondo intero: ma questa è una visione ristretta della realtà! Non ci si può fermare alla soluzione del problema ma bisogna risolvere il problema della vita! Quando hai risolto il problema economico, lavorativo, rimane il problema principale, che sei tu! Occorre ampliare la prospettiva! Chi non vuole ampliare la prospettiva decide di andare via!

Pietro Sarubbi incontra sul set l'attore che interpreta Gesù, Jim Caviezel; non lo aveva mai incontrato se non quel giorno sul set. Sarubbi ha raccontato: «Pilato sta parlando alla folla ed io, che interpreto Barabba, mi trovo di fronte a Gesù, e lo osservo. Non è il solito Gesù cinematografico!». Vedete che risultati si possono ottenere ad essere semplici di cuore, ad essere aperti. L'attore rimane impressionato dalla somiglianza e dalla perfezione dell'immagine di Gesù, lacero e sofferente; non è ancora stato fustigato ma già porta tutti i segni dei primi maltrattamenti; all'attore di Gesù non è stato risparmiato nulla, e l'attore non si risparmia in nulla.

Continua a raccontare Pietro Sarubbi: «Non ha quelle ridicole pantofole che io ho voluto sul set per non essere a contatto con la pietra! Non esce di scena, non fa come faccio io che entro ad esco continuamente dalla scena, mi metto a parlare con gli altri e mi lamento e faccio i capricci! Lui invece vive con grande dignità l'interpretazione di Gesù: tutto il disagio, tutto il dolore, tutta la sofferenza del personaggio, compreso i piedi ghiacciati sulla pietra, eppure potrebbe concedersi ogni confort, invece sta lì fermo, scalzo, al freddo, immedesimato con Gesù!»[44].

Sarubbi incomincia a vedere in quest'uomo una risposta concreta alla tempesta che si porta dietro da alcuni anni e soprattutto in quei giorni, e continua a raccontare: «Di fronte alla tempesta che mi sta sconvolgendo decido di usare l'amarezza e il rancore

[44]P. Sarubbi, *Da Barabba a Gesù,* Itacalibri, Castel Bolognese 2011, p. 105.

che mi distraevano come sensazioni proprie del personaggio; d'altronde inizio a sentirmi molto più vicino a Barabba e alla sua richiesta violenta di giustizia. Inizio anch'io ad accettare le ferite!»[45]. Pietro Sarubbi, in Barabba, portava delle catene vere che iniziavano a fargli sanguinare i polsi e le caviglie! Non chiede più di essere curato, non chiede più le pantofole! Adesso si sente fortemente motivato, tanto che i soldati romani fanno fatica a trattenerlo, a trattenere la sua veemenza. I romani, messi alle strette, iniziano ad usare veramente le catene come mezzo per contenerlo, è diventato un cane rabbioso: finalmente viene fuori la vera figura di Barabba, la verità dolorosa e animalesca della sua vita!

Il regista è soddisfatto e chiede a Pietro Sarubbi, cioè a Barabba, di non guardare Gesù fino a quando non sarà liberato, fino a quando non inizia a scendere gli scalini del sipario. Solo allora dovrà girarsi e guardare Gesù! In modo naturale dovrà captare il momento giusto. Gibson gli ripete: «Io vorrei fissare nella pellicola il tuo sguardo, il tuo sguardo di stupore di fronte agli occhi di Cristo!»[46]. Quindi è necessaria una apertura decisiva! Essere aperti è una decisione! Devi volerlo tu! Devi decidere tu a non fermarti al tuo problema, ma a guardare quello che Gesù, attraverso il problema, ti sta proponendo. La soluzione è semplicissima: avere la curiosità di voler vedere dove porta quella strada! Dove porta? Porta alla soluzione non del tuo problema, ma del problema che sei tu! Così vivi meglio anche i tuoi problemi.

[45]Ivi, p. 106.

[46]Cfr. Il video di Pietro Sarubbi su yuotube:http://www.youtube.com/watch?v=AMyFyqmSyRE.

GRANDI PERCHÉ LIBERI[47]

Dal vangelo secondo Giovanni

«In quel tempo, quando la folla vide che Gesù non era più là e nemmeno i suoi discepoli, salì sulle barche e si diresse alla volta di Cafàrnao alla ricerca di Gesù. Lo trovarono di là dal mare e gli dissero: «Rabbì, quando sei venuto qua?».

Gesù rispose loro: «In verità, in verità io vi dico: voi mi cercate non perché avete visto dei segni, ma perché avete mangiato di quei pani e vi siete saziati. Datevi da fare non per il cibo che non dura, ma per il cibo che rimane per la vita eterna e che il Figlio dell'uomo vi darà. Perché su di lui il Padre, Dio, ha messo il suo sigillo».

Gli dissero allora: «Che cosa dobbiamo compiere per fare le opere di Dio?». Gesù rispose loro: «Questa è l'opera di Dio: che crediate in colui che egli ha mandato». Allora gli dissero: «Quale segno tu compi perché vediamo e ti crediamo? Quale opera fai? I nostri padri hanno mangiato la manna nel deserto, come sta scritto: «Diede loro da mangiare un pane dal cielo». Rispose loro Gesù: «In verità, in verità io vi dico: non è Mosè che vi ha dato il pane dal cielo, ma è il Padre mio che vi dà il pane dal cielo, quello vero, il pane di Dio è colui che discende dal cielo e dà la vita al mondo».

Allora gli dissero: «Signore, dacci sempre questo pane». Gesù rispose: «Io sono il pane della vita; chi viene a me non avrà fame e chi crede in me non avrà più sete»[48].

Questa è la situazione reale: si è sempre sbandati, si è sempre confusi, sempre arrabbiati e senza tregua, senza un attimo di pace, perché non abbiamo l'umiltà di domandare! Non si domanda solo con le parole, ma si domanda soprattutto con i gesti, forse unicamente con i gesti! Non domandiamo il pane che è Gesù! Il pane della vita che è Gesù! Non crediamo a queste ultime parole che abbiamo ascoltato!

Se io chiedessi a ciascuno di voi: «Tu hai la fede?», tutti rispondereste: «Sì, io ho la fede!», però di fatto non crediamo che Lui è il pane della vita, non crediamo che se andiamo a Lui non avremo più sete e non avremo più fame. Di fatto non ci crediamo.

---

[47]Omelia tenuta il 5 agosto 2012 alle ore 11,00 XVIII domenica T. O. anno B nella chiesa parrocchiale di Craco.

[48]Gv 6,24-35.

Per dire a qualcuno «ti voglio bene» non ci vuole niente, non costa niente, e lo dicono anche quelli che non vengono in chiesa.

Quando le persone vengono a dirmi: «Io sono credente, come mai Dio ha permesso questa sofferenza? Cosa Gli ho fatto? Perché mi è capitata questa situazione?» io rispondo: «Perché non cerchiamo Lui in quello che accade! Non cerchiamo Lui nei segni che propone in mezzo a noi continuamente!». Infatti Gesù ha detto: «Voi mi cercate non perché avete visto dei segni, ma perché avete mangiato quei pani e vi siete saziati».

Se alla fine della s. messa io dicessi: «Ci sono dei posti di lavoro» tutti sia da Craco che da fuori verrebbero da me per avere il posto di lavoro. Invece se dicessi: «Voi state male perché non vi nutrite di Lui! Non vi nutrite di Lui perché non avete imparato a leggere i segni! Non volete imparare a leggere i segni!», le stesse cinquecento persone che mi cercherebbero per avere il lavoro mi cercherebbero per nutrirsi di Lui, che è la cosa più preziosa per loro che non il lavoro, da cui anche il lavoro dipende? Quelli che verrebbero non andrebbero più via perché hanno ricevuto ciò che è più importante e che soddisfa la sete e la fame del proprio cuore! Purtroppo avviene una cosa paradossale: le persone vanno via! E chi rimane è tutto infragilito e intimidito!

Questo è già accaduto con discepoli: tutti vanno via, solo il Suo gruppetto intimidito resta; ma Gesù li sfida, dicendo: «Volete andare via anche voi?».

Stamattina in chiesa ho notato alcuni dai volti cupi e ho detto loro: «Volete andare via anche voi? Se non imparate a leggere i segni perché venite qui?». Se non si leggono i segni e non si rimane soddisfatti nella fame e nella sete, perché si celebra la s. messa se si resta come si era prima?

Un grande segno che vi ho invitato a leggere in questi giorni è il fatto di questo grande attore: grande perché libero! Non solo famoso, ma libero! Ha accettato di venire a trovarci per raccontarci la sua storia, la sua vicenda umana e professionale.

Ieri sera abbiamo raccontato la sua esperienza vissuta sul set fino al momento in cui si dimentica di girarsi per guardare Gesù e sente sulla spalla destra come una scossa, come una sensazione di calore, che lo spinge a ricordarsi che alla fine della scala deve girarsi e guardare Gesù! Sarubbi si gira e incrocia uno sguardo che mai avrebbe immaginato di incrociare: incrocia uno sguardo non pieno di rabbia, non pieno di rancore, non pieno di delusione, non pieno di odio perché condannato ingiustamente, ma incrocia uno sguardo dolce, uno sguardo di accettazione, con un velo d'amore e di preoccupazione per lui e per la sua condizione disperata. Qui non c'è più l'attore ma Gesù, realmente c'è Gesù che attraverso l'interprete di Gesù guarda Pietro Sarubbi!

Finiscono di girare il film, si proietta la prima del film, nei giorni seguenti si fanno il comunicato stampa e le interviste, e Pietro Sarubbi rilascia un'intervista al quotidiano *Repubblica*. Questa intervista viene letta da Don Gabriele, che è un mio amico. Questo sacerdote telefona a Sarubbi e gli dice: «Ascolta, ho letto la tua intervista e mi interessa moltissimo! La nostra guida spirituale ci ha insegnato l'attenzione nei confronti dello sguardo!». Mel Gibson, lo scrittore e regista del film *La passione di Cristo* aveva detto all'attore Pietro Sarubbi che dai suoi occhi doveva trasparire che è un uomo libero! Non solo, ma tutto il film doveva passare attraverso lo sguardo degli attori.

Don Gabriele dice all'attore che l'attenzione nei confronti dello sguardo è importante e per questo che vorrebbe parlare con lui. Pietro Sarubbi accetta e Don Gabriele va nella parrocchia dove c'è anche Don Gianni, un altro sacerdote che anch'io conosco. Guardate quante coincidenze! Cenano insieme e Sarubbi scopre una cosa interessante; la cena era buona, la compagnia cordiale, in più nell'organizzazione ben fatta si percepiva una sorta di consuetudine: tutti stavano bene ed erano felici! Pietro Sarubbi ha pensato tra sé, e ha detto: «Ma io dov'ero quando questa queste persone costruivano in modo così armonioso la loro compagnia?! Ma io dov'ero quando questa compagnia così armonica veniva tirata su?! Io dove mi trovavo?».

Alla cena con Don Gianni erano presenti trecento persone. Appena si è saputo che sarebbe andato l'attore Pietro Sarubbi si sono iscritte trecento persone. Ora scommetto che qualcuno commenterà: «Ma lì è un altro posto! Lì è diverso da qui! Qui non c'è niente!». È una menzogna dire che a Craco non c'è niente! È grave perché a Craco c'è tutto! Finita la cena e l'incontro arriva da Pietro Sarubbi un uomo che stava tra quelli che avevano ascoltato, e gli dice: «Ciao, sono Ermes, volevo ringraziarti e invitarti a cena a casa mia la settimana prossima! Devi conoscere assolutamente i miei amici!». Pietro Sarubbi accetta! Qualche sera dopo si reca a casa di Ermes, conosce gli amici e di nuovo l'attore rimane colpito dalla compagnia di queste persone, rimane incuriosito da quella bella compagnia, una compagnia invidiabile!

Quando una persona è chiusa non si accorge di niente! Quando una persona non legge i segni non sa che strada intraprendere ed è sempre confuso! Sbaglia continuamente: nella scelta della scuola superiore, nella scelta della facoltà, nella scelta degli amici, nella scelta del ragazzo o della ragazza, del marito, sbaglia tutto perché non legge i segni! Se non legge i segni non si accorge neanche di una compagnia bella!

Pietro Sarubbi commosso dichiara ad Ermes: «Ho sempre desiderato una compagnia così! Credevo che una compagnia così potesse esistere solo nei miei film! Siete tutti simpatici e piacevoli, ma così diversi! Non riesco a capire cosa vi accomuna!». Ermes subito gli risponde: «Ciò che ci accomuna e ci rende diversi è l'amore per Cristo!». Pietro Sarubbi afferma: «Con semplicità e sicurezza Ermes mi ha fatto capire un aspetto importante, una risposta così forte, così impegnativa, data con tanta determinazione, mi ha sorpreso! Ho chiesto ad Ermes di voler capire di più!». Subito l'altro amico Sandro interviene affermando: «Vuoi venire a scuola di comunità con noi?»; Pietro Sarubbi risponde: «Non so nemmeno che cos'è scuola di comunità!»; prontamente Ermes afferma: «Ci troviamo più o meno ogni quindici giorni; parliamo di come viviamo quotidianamente la fede partendo dalla lettura di un testo di Don Giussani. Vieni! Così provi e capisci!». Pietro Sarubbi accetta e incomincia a frequentare la scuola di comunità. Pietro Sarubbi conclude dicendo: «Piano piano, incontro dopo incontro, iniziai a 'capire' la grazia di Dio!».

Comprendete quanto è importante questo passaggio! Prima gli accade la grazia sul set, quando si dimentica di girarsi, ma un formicolio sulla spalla destra è come se lo avesse richiamato. Si gira e incrocia questo sguardo di tenerezza su di sé attraverso l'attore di Gesù. Dopo, attraverso don Gabriele, incontra un luogo: incontra la scuola di comunità che gli fa capire cosa gli è successo sul set mentre girava il film; «ha capito» la grazia che gli è stata data! Se questo attore non avesse accettato, non avesse aperto lo sguardo per leggere i segni avrebbe perso la cosa più grande, la cosa più prestigiosa della vita. Se avesse guardato attraverso il suo buco avrebbe perso la cosa migliore! Dicendo sì, incontrando don Gabriele e partecipando agli incontri di scuola di comunità «ha capito» la grazia che in quel luogo veniva data. Senza un luogo come la scuola di comunità non avrebbe capito! Ecco perché alcuni continuano a venire in chiesa ma ad essere ugualmente arrabbiati perché non si ha un luogo dove si può capire quello che succede. Non basta venire in chiesa! Pietro Sarubbi infatti ha affermato: «Mi affascinava trovare nello studio dei testi di Don Giussani le risposte alle domande del mio animo. Una in particolare mi tornava continuamente nella mente, cioè, 'Come è potuto accadere che Dio sia passato attraverso gli occhi dell'attore di Gesù? è passato attraverso gli occhi dell'attore di Gesù, per guardare me attraverso i suoi occhi'. Una sera leggendo la scuola di comunità ho avuto la risposta, cioè che Dio salva l'uomo attraverso l'uomo!»

Di fronte a voi ci può essere sempre la mia povertà, è una povertà che rimane! Se dovessi andare via da Craco ci sarebbe da fare i conti con lalimiti di un altro parroco, ma nonostante la povertà dell'uomo, se si impara a leggere i segni si può vivere ugualmente! È una condizione imprescindibile perché Dio salva l'uomo attraverso l'uomo!

Dio ha deciso di salvare Pietro Sarubbi, di rendere grande e libera la sua vita attraverso un attore, uno del suo stesso mestiere.

RIDONAMI IL TUO SÍ![49]

Dal vangelo secondo Luca

«Vi saranno segni nel sole, nella luna e nelle stelle, e sulla terra angoscia di popoli in ansia per il fragore del mare e dei flutti, mentre gli uomini moriranno per la paura e per l'attesa di ciò che dovrà accadere sulla terra. Le potenze dei cieli infatti saranno sconvolte. Allora vedranno il Figlio dell'uomo venire su una nube con grande potenza e gloria. Cominceranno ad accadere queste cose, risollevatevi e alzate il capo, perché la vostra liberazione è vicina.
State attenti a voi stessi, che i vostri cuori non si appesantiscano in dissipazioni, ubriachezze e affanni della vita e che quel giorno non vi piombi addosso all'improvviso; come un laccio esso si abbatterà sopra tutti coloro che abitano sulla faccia di tutta la terra. Vegliate in ogni momento pregando, perché abbiate la forza di sfuggire a tutto ciò che sta per accadere e di comparire davanti al Figlio dell'uomo»[50].

Ieri mattina con alcuni sacerdoti, insieme al Vescovo di Taranto, abbiamo fatto una riunione. Il Vescovo ci ha raccontato come lui sta vivendo la chiusura dell'ILVA, il decreto legge per la riapertura, la questione dell'ambiente, la morte di un ragazzo, la tromba d'aria. Facendo un giro per la città ha avuto modo di vedere il disastro che ha provocato la tromba d'aria: alberi sradicati come paglia, inferriate contorte come un fil di ferro. Una tromba d'aria di una tale potenza non s'era mai visto prima in quella zona! Mons. Santoro è andato di corsa anche a Statte, un paese della diocesi di Taranto, perché il campanile della chiesa parrocchiale si è spezzato in due! Il Vescovo ci ha raccontato: «Io vivo questa situazione come un richiamo del Signore!».

Di fronte a questi fatti è Lui che sta chiedendo al Vescovo, come ad ognuno di noi, a me che sono un pover'uomo, che sono piccolo, che non posso fare niente, lo chiede a tutta la città, a tutta l'Italia, di fronte a quello che sta accadendo è Lui che sta

[49]Omelia tenuta il 2 dicembre 2012 ore 11,00 I domenica Avvento anno C nella chiesa parrocchiale di Craco.
[50]Lc 21,25-28.34-36.

chiedendo a tutti, a me per primo, di tornare a dire sì al Lui! Questo è il significato del vangelo di oggi: «Vi saranno segni nel sole, nella luna e nelle stelle, e sulla terra angoscia di popoli in ansia per il fragore dei mari e dei flutti, mentre gli uomini moriranno per la paura e per l'attesa di ciò che dovrà accadere sulla terra».

Certo siamo in ansia per la chiusura dell'ILVA, per le migliaia di persone che restano senza lavoro, siamo in ansia per tutti quelli che respirano l'aria malsana. Ma mentre il cuore è nella paura e nell'attesa di ciò che dovrà ancora accadere, per le potenze della natura che ci sconvolgono, il vangelo prosegue: «Allora vedranno il Figlio dell'uomo venire su una nube con grande potenza e gloria».

Quando succedono questi fatti così gravi siamo sconvolti tutti, anche noi; conosco alcuni operai dell'ILVA che tutte le mattine partono dalla stazione di Metaponto e vanno a Taranto. Ma quando succedono fatti simili anche qui da noi a Craco nel nostro territorio avvertiamo lo schiaffo di quello che accade. Non è che stringendomi di più a mia moglie o a mio marito ho meno paura! Non è sperando che non accada che ho meno paura! Non è stringendo a me di più mio figlio che ho meno paura!

Allorail Signore ci fa capire, prima di tutto, che non possiamo fare tutto!

Poi ci sta chiedendo il nostro sì! Tutto qui! Sta dicendo: «Ridonami il tuo sì! Ti faccio vedere che cosa magnifica faccio di te!». Ci sta dicendo semplicemente questo, perché Lui, con l'Avvento, dentro l'Avvento, nella s. messa, è Lui che si ripropone a noi e sta ritornando a dire: «Ridonami il tuo sì! Ti scelgo per un'avventura bellissima!» come ha fatto con la Madonna! Il venticinque marzo, ricorrenza della Madonna dell'Annunciazione, è la Madonna che dice sì alla scelta fatta su di lei!

Lui si mette anche dentro alle catastrofi per dirci: «Ma che cosa ne vuoi fare della tua vita? Donamela così la faccio diventare vera!». Più semplice di così!

Offriamo in questa santa messa il nostro sì al Signore.

CON ABITO E CRAVATTA[51]

Dal vangelo secondo Luca

«Nel sesto mese, l'angelo Gabriele fu mandato da Dio in una città della Galilea, chiamata Nazaret, a una vergine, promessa sposa di un uomo della casa di Davide, chiamato Giuseppe. La vergine si chiamava Maria. Entrando da lei, disse: «Ti saluto, o piena di grazia, il Signore è con te». A queste parole ella rimase turbata e si domandava che senso avesse un tale saluto. L'angelo le disse: «Non temere, Maria, perché hai trovato grazia presso Dio. Ecco concepirai un figlio, lo darai alla luce e lo chiamerai Gesù. Sarà grande e chiamato Figlio dell'Altissimo; il Signore Dio gli darà il trono di Davide suo padre e regnerà per sempre sulla casa di Giacobbe e il suo regno non avrà fine».

Ci sono alcune parole della seconda lettura che mi colpiscono molto e vedo un collegamento con il brano di vangelo letto pocanzi. Ecco la frase: «In Cristo Dio ci ha scelti, prima della creazione del mondo». Il verbo «scegliere» è il verbo che ci fa rivivere, è il verbo che ci fa tornare ad essere vivi! Quando ci sentiamo scelti, quando ci sentiamo preferiti, ci sentiamo vivi! Vi racconto un episodio che è adatto alla circostanza. Quando ero bambino e frequentavo la scuola elementare mi ricordo con esattezza quando, per la prima volta, diventai capo-classe: ero contentissimo perché i miei compagni mi avevano preferito! Feci la prima esperienza di preferenza, anche se a dire il vero per farmi votare da due compagni avevo dato loro delle caramelle (voto di scambio!), ma tutti gli altri mi votarono liberamente! Quell'esperienza di preferenza per me è stata importante ed è accaduto più volte.

Quando non si è preferiti non si è contenti! Quando in presenza di due ragazze ad una si dice che è bella e all'altra non lo si dice, quest'ultima non rimane contenta perché anche lei desidera essere scelta, preferita! Tutti cerchiamo di essere preferiti, ci mostriamo per essere preferiti! A scuola spesso dico che a me piace che le ragazze si trucchino, ovviamente un trucco bello e delicato non pesante, perché è dentro la natura umana mostrare il desiderio di essere preferiti, di tenerci alla preferenza. Ogni

[51]Omelia tenuta l'8 dicembre 2012 ore 11, 00 festa dell'Immacolata Concezione anno C nella chiesa parrocchiale di Craco.

tanto dico ai ragazzi che qualche volta dovrebbero indossare un bell'abito con la cravatta, questo per facilitare la preferenza! In questi giorni un mio grande amico mi ha inviato un sms per dirmi che, dopo tanto tempo, aveva indossato l'abito e la cravatta ed io gli risposto che era una cosa magnifica proprio per quello che stiamo dicendo ora! Per mostrare di essere preferito e per attirare la preferenza.

Dio opera allo stesso modo: preferisce! Esercita una preferenza, non per escludere qualcuno ma ne sceglie uno per arrivare a tutti, ne preferisce uno per preferire anche gli altri.

Come giunge a noi questa preferenza? C'era già una preferenza prima del peccato originale. Poi con il peccato originale qualcuno ha detto: «Non voglio essere preferito da Te! Mi preferisco da me stesso». Come quando un ragazzo dice ad una ragazza: «Ti voglio bene!» e la ragazza gli risponde: «Non voglio il tuo bene!», in questo modo sta dicendo: «Non mi interessa che tu mi preferisci!». Chi ha espresso la preferenza ci resta male, ma chi non vuole essere preferito ha anch'egli una perdita.

Con il peccato originale Adamo ed Eva dicono a Dio: «Non ci interessa essere preferiti da Te!». Dio certamente ci resta male ma non demorde, e incomincia tutta una operazione per ritornare a preferirci. Come? Attraverso il popolo di Israele! Con il popolo di Israele ricomincia a preferire, e preferisce in modo straordinario fino a farlo sapere ad una ragazza, e le dice: «Io torno a preferire il mondo intero attraverso di te; preferendo te in un modo totale!». In altri termini questo è ciò che ha detto l'angelo a Maria, ad una ragazza di quindici o sedici anni Dio ha detto: «Tu sei colei che è totalmente preferita da Dio, totalmente!». Questo è il significato dell'Immacolata Concezione: totalmente preferita da Dio! La Madonna ha risposto: «Si! Ci sto!».

Prima ho fatto degli esempi, anche Maria avrebbe potuto dire: «Non ci sto!», ma meno male che ha detto: «Si, ci sto!» altrimenti non staremmo qui oggi se la Madonna non avesse detto: «Eccomi! D'accordo! Va bene!». Per cui da questo «sì» cosa è venuto fuori? Che abbiamo incominciato a prendere consapevolezza che in lei eravamo preferiti! Dio ritorna attraverso Gesù Cristo, generato da Maria, a preferirci, torna a dirci: «Io vi voglio! Tu sei mio!».

Qual è la differenza tra quando una ragazza ti dice: «Ti preferisco!» oppure è la mamma che ti dice: «Tu sei mio figlio!»? Quando la mamma ti dice: «Tu sei mio figlio!» ti dice: «Ti voglio bene prima ancora che tu nascessi!», infatti il bambino nasce perché prima di nascere, il papà e la mamma gli hanno già voluto bene! Qual è la differenza tra questa preferenza e la preferenza di Dio nei confronti della Madonna e la preferenza della mamma o della ragazza? La differenza è che Dio preferisce in modo totale! Come, quando e quanto posso preferire mio figlio, o la mia ragazza? Con tutta la potenza di cui possiamo essere capaci la preferenza si riduce purtroppo a pochi istanti! Ma anche questi pochi istanti di preferenza sono interessanti perché aprono uno squarcio per comprendere come preferisce Dio! Ma la preferenza di Dio è radicale, è profonda, è perennemente viva! Basta aprire un po' lo spioncino del proprio cuore per accorgersi che è vero, per cui ringraziamo la Madonna che ha detto «sì» a questa preferenza messa in evidenzia quest'oggi con la festa dell'Immacolata Concezione. Ringraziamo la Chiesa anche per la festa dell'Annunciazione dell'angelo a Maria del venticinque marzo in cui la Chiesa mette in evidenza soprattutto il «sì» della Madonna. Oggi è in evidenza soprattutto la preferenza totale di Dio per questa donna. Ringraziamo il Padre che ha esercitato questa preferenza nei confronti della Madonna e ringraziamo da ora fino al venticinque marzo la Madonna che ha detto: «Si! Voglio viverla questa preferenza!».

È interessante, come ormai di consuetudine, che in questo giorno facciamo la festa dell'Azione Cattolica con dentro il tesseramento. Ci sono alcuni amici, la presidente dell'Azione Cattolica, i responsabili dell'Azione Cattolica e tutti gli aderenti, i quali sono stati preferiti dentro questo cammino e per grazia di Dio rispondono «sì» e con il loro «sì» stanno dicendo: «Siamo disposti a farci preferire!». Così continua la storia di quella referenza fino a farla diventare totale in noi.

Chiediamo al Signore che ci doni la grazia che tanti possano aderire a questo cammino! Questo dipende dalla chiamata del Signore e dalla libertà del cuore di ciascuno, di coloro che sono chiamati e dicono «sì» e accettano l'invito educativo dell'Azione Cattolica.

Ringrazio di cuore sia personalmente sia a nome di tutta la comunità di Craco questi amici che continuano a vivere la fede nel modo tipico dell'Azione Cattolica.

L'ATTESA COME GORGOLÍO DEL CUORE[52]

Dal vangelo secondo Luca

«Le folle lo interrogavano: 'Che cosa dobbiamo fare?'. Rispondeva loro: 'Chi ha due tuniche ne dia una a chi non ne ha, e chi ha da mangiare faccia altrettanto'. Vennero anche dei pubblicani a farsi battezzare e gli chiesero: 'Maestro, che cosa dobbiamo fare?'. Ed egli disse loro: 'Non esigete nulla di più di quanto vi è stato fissato'. Lo interrogavano anche alcuni soldati: 'E noi, che cosa dobbiamo fare?'. Rispose loro: 'Non maltrattate e non estorcete niente a nessuno; accontentatevi delle vostre paghe'. Poiché il popolo era in attesa e tutti, riguardo a Giovanni, si domandavano in cuor loro se non fosse lui il Cristo, Giovanni rispose a tutti dicendo: 'Io vi battezzo con acqua; ma viene Colui che è più forte di me, a cui non sono degno di slegare i lacci dei sandali. Egli vi battezzerà in Spirito Santo e fuoco. Tiene in mano la pala per pulire la sua aia e per raccogliere il frumento nel suo granaio; ma brucerà la paglia con un fuoco inestinguibile. Con molte altre esortazioni Giovanni evangelizzava il popolo»[53].

Vorrei attirare la vostra attenzione su questa espressione tratta dal vangelo di s. Luca: «Poiché il popolo era in attesa e tutti, riguardo a Giovanni, si domandavano in cuor loro se non fosse lui Cristo» e Giovanni rispose di non essere lui Cristo.

La prima evidente osservazione che possiamo fare è che il popolo è in attesa. Se si fa riferimento al popolo che è in attesa significa che si sta parlando di ognuno di noi che attende! Non c'è uomo al mondo che non attende! L'attesa è il presentimento di qualcosa di bello, di grande, di vero che ti è stato riservato. L'attesa è identificabile con quel gorgoglìo silenzioso che sboccia dall'intimo del cuore, quasi senza che ce ne accorgiamo, quasi senza volerlo. Domandare, invece, quello che desideriamo è qualcosa di voluto, ed è importante perchè fa diventare operativa l'attesa; perciò, ci si incomincia a implicare con la propria attesa con la domanda e si incomincia a dire: «Vediamo se è questa la risposta! Vediamo se quest'altra cosa è la risposta!», tanto

[52]Omelia tenuta il 16 dicembre 2012 ore 11, 00 III domenica di Avvento anno C nella chiesa parrocchiale di Craco.

[53]Lc 3,10-18.

che hanno chiesto a Giovanni: «Sei tu la risposta?», e Giovanni ha detto: «No! Non sono io la risposta!».

Cerchiamo di approfondire in modo più concreto questa osservazione sull'attesa e la domanda. Prima pensiamo: «Incominciamo a vedere se per caso da quella parte c'è la risposta, se questa cosa o questa persona rispondono all'attesa» e siccome non vogliamo attendere e vogliamo una risposta veloce diventiamo impazienti. Infatti il nemico dell'amore è la precipitazione, mentre la misura dell'amore è la pazienza. Nell'impazienza facciamo degli errori: siccome mi piace una determinata cosa o una determinata persona identifico la risposta in ciò che mi piace o nella persona che mi piace; identifico la risposta in quella determinata cosa, senza verificare se realmente è oppure no la risposta!

Vi faccio un esempio che coinvolge la maggior parte dei ragazzi che frequentano il quinto superiore, che è l'anno in cui i ragazzi si preparano al passaggio all'università oppure all'attività lavorativa. Siccome si è impazienti, a volte, si fanno errori di impostazione molto gravi che influiranno per tutto il resto della vita. Un errore scaturito dall'impazienza in questo periodo potrebbe portare conseguenze per i successivi quaranta anni della vita di quel ragazzo!

Cosa succede? I ragazzi nello scegliere, per esempio il corso di laurea, non guardano la propria indole, non perché sono cattivi ma perché sono indotti dal modo di pensare di tutti. Sono più spinti a muoversi verso ciò che la prospettiva lavorativa offre che non scrutare la propria indole. Per questo diventano impazienti e si tuffano in quel corso di laurea, piuttosto che vagliare pazientemente sé nei cinque anni di scuola superiore e scoprire la propria inclinazione!

L'inclinazione è l'aspetto più importante da prendere in considerazione per valutare correttamente la scelta della facoltà perché quell'inclinazione si trova nel cuore proprio per dare un prosieguo a quello che tu stai vivendo! Per dare un seguito alla tua storia umana! Se l'indole rimane senza risposta e si segue solo ciò che il mercato del lavoro offre dopo un po' di tempo il ragazzo andrà in crisi perché ciò che ha scelto, senza tenere presente l'indole, lo stufa, per cui frequenta il primo anno di università e poi va in crisi. Ma questo possiamo dire che è ancora il danno minore che può capitare. L'indole del ragazzo coincide con quell'attesa del popolo decritta prima. Ma può coincidere anche con il bisogno umano di affetto. Infatti quanto descritto finora può accadere anche ad una ragazza. Dopo un po' di tempo che un ragazzo ha conosciuto una ragazza si metteno impazientemente insieme senza attendere che si manifesti la vocazione di entrambi perché c'è l'illusione che essa sia la risposta piena, totale, definitiva. Ma dalla ragazza partono segnali che comunicano che non è lei la risposta! È come se dal cuore stesso della ragazza si sentisse l'eco delle parole di Giovanni: 'Non sono io la risposta!' Dunque, come si fa?

Giovanni ha risposto: «Non sono io la risposta! Io battezzo con acqua ma Lui battezzerà con lo Spirito Santo!». Cosa significa che battezzerà con lo Spirito Santo? Significa che darà la risposta piena! La risposta piena in Cristo! Questa risposta piena ci viene data oggi dallo Spirito Santo! Da cosa si capisce che è lo Spirito Santo che ti dà la pienezza che nessun altra realtà ti riuscirà a dare? Quando ti accorgi che questa risposta è piena è il segno che è lo Spirito Santo che sta dicendo di essere Lui la risposta! Non con le parole che utilizzo io ma con la pienezza che viene dentro di te!

Concludendo, domandiamoci allora: Qual è la strada per vivere in questo modo? La suggerisce San Paolo. San Paolo elenca tutte le difficoltà che ha vissuto: fa tre volte il naufragio, è stato flagellato cinque volte, è stato perseguitato tutti i giorni dai membri della sua religione, ha patito continuamente nudità, freddo, veglie, è stato calunniato, è stato abbandonato dagli stessi cristiani che lui aveva generato alla fede, è stato incarcerato, solo qualcuno gli era rimasto amico, tutti gli altri lo hanno abbandonato, ma non mi dilungo su questo. Tuttavia San Paolo dice: «Fratelli rallegratevi nel Signore!». Ci sarebbe poco da stare allegri dopo tutto quello che ha passato, ma dice: «Non angustiatevi per nulla!». Come fa a dire questo? Noi pensiamo che la nostra vita sia bella perché non succede niente di preoccupante: perché stiamo tranquilli, perché stiamo comodi seduti al fuocherello del camino! San Paolo ci fa capire che il rallegrarsi viene soltanto dalla consapevolezza che tutte le situazioni sono occasioni di grazia! Tutte le situazioni, belle o brutte, ci vengono offerte dal Signore per uscire dal nostro guscio! Ci obbligano ad uscire dal nostro guscio perché ci vuole bene, ed è per questo che ci offre delle situazioni attraverso cui Lui ci dice: «Svegliati! Esci dalla casa in cui ti sei chiuso! Guarda la vita! Guarda la bellezza della vita!». La bellezza della vita non coincide con lo stare nella tranquillità comoda della propria casa ma coincide con la pace di Dio!

Adesso concludo veramente sintetizzando. Il nostro cuore è attivo! Vedendo le luminarie nel periodo di Natale diciamo: «Che belle le luci!», sollecitano l'attesa; ma all'attesa deve seguire la domanda: «Sei tu quello che deve venire o è un altro che deve venire? Attraverso che cosa vieni?». Viene attraverso le circostanze, pur drammatiche che siano, con la consapevolezza che anche le circostanze brutte promettono qualcosa di grande! Qual è la convenienza? Questo rende intensamente umana la tua vita, riempie di pace il cuore, con la pace di Dio, non con la pace nel senso che non c'è guerra! Rende il tuo cuore e il tuo volto intensi!

Chiediamo la grazia di riconoscerlo come la nostra pace dentro le circostanze, qualunque esse siano!

COSA POSSIAMO RUBARE?[54]

Dal vangelo secondo Luca

«In quei giorni un decreto di Cesare Augusto ordinò che si facesse il censimento di tutta la terra. Questo primo censimento fu fatto quando era governatore della Siria Quirinio. Andavano tutti a farsi registrare, ciascuno nella sua città. Anche Giuseppe, che era della casa e della famiglia di Davide, dalla città di Nazaret e dalla Galilea salì in Giudea alla città di Davide, chiamata Betlemme, per farsi registrare insieme con Maria sua sposa, che era incinta. Ora, mentre si trovavano in quel luogo, si compirono per lei i giorni del parto. Diede alla luce il suo figlio primogenito, lo avvolse in fasce e lo depose in una mangiatoia, perché non c'era posto per loro nell'albergo.
C'erano in quella regione alcuni pastori che vegliavano di notte facendo la guardia al loro gregge. Un angelo del Signore si presentò davanti a loro e la gloria del Signore li avvolse di luce. Essi furono presi da grande spavento, ma l'angelo disse loro: 'Non temete, ecco vi annunzio una grande gioia, che sarà di tutto il popolo: oggi vi è nato nella città di Davide un salvatore, che è il Cristo Signore. Questo per voi il segno: troverete un bambino avvolto in fasce, che giace in una mangiatoia'. E subito apparve con l'angelo una moltitudine dell'esercito celeste che lodava Dio e diceva: 'Gloria a Dio nel più alto dei cieli e pace in terra agli uomini che egli ama'»[55].

Non si può partecipare ad un evento senza portare a casa qualcosa, senza portare a casa un guadagno; ancor di più, non si può partecipare a questa Veglia e non portare a casa qualcosa! Cosa si potrebbe portare a casa? Qual è il meglio che ci potremmo portare via, quasi rubandolo furtivamente? Il contraccolpo di questa notte, di questa sera, di questa Veglia! Come il contraccolpo che ha percorso questi personaggi, Giuseppe, Maria e i pastori. Vedremo che i magi saranno invasi da una tale pienezza, da una tale presenza, che si dimenticano anche della domanda, quasi che dimenticano

[54] Omelia tenuta il 24 dicembre 2012 ore 22, 00 Natale del Signore, messa della notte, nella chiesa parrocchiale di Craco.

[55]Lc 2,1-14.

l'attesa. Che cosa dobbiamo fare? Immedesimarci in questo loro rapporto con quella Piccola Cosa! Immedesimarci nell'esperienza che fanno loro! Un'esperienza che li rende allegri!

É per questo che in questi giorni non rinunciamo alla bellezza multiforme delle luminarie, non rinunciamo alla letizia e all'allegria, non rinunciamo alla bellezza della musica; infatti, per esempio, ci saranno tre eventi musicali significativi in questo periodo, perché anche la musica e soprattutto il canto, ci rimandano ad altro, ci dicono: «Guarda più su!». La Madonna, per esempio, è rimasta talmente stupita che continuava a rimuginare quello che gli era accaduto! I pastori che vegliavano il gregge, che poi sono andati a vegliare Gesù, sono ritornati a vegliare il gregge ma tornando a vegliare il gregge il percorso di ritorno era tutta un'altra storia! Perché era tutta un'altra storia? Perché ad ogni passo che facevano era un sobbalzo del cuore! Quel Bambino continuava a far sobbalzare il loro cuore anche se non stavano più nella grotta.

Gli auguri che ci facciamo adesso durante la messa e nei prossimi giorni, che auguri sono? Ci facciamo l'augurio del sobbalzo! Quando fra poco ti stringerò la mano ti auguro che tu possa sobbalzare, che tu possa avere lo stesso colpo che hanno ricevuto questi personaggi del vangelo: il sobbalzo della presenza di Cristo! Il Cristianesimo è tutto qui! Il Cristianesimo è solo questo, da cui deriva tutto il resto! Perciò è interessante, perciò è affascinante, perciò trascina tutta la nostra affettività, trascina con se tutto il nostro sentimento! Perché questo sobbalzo è l'incontro con una grande gioia!

Gli angeli dicono ai pastori: «Vi annunciamo una grande gioia!», è ciò che dice l'angelo questa sera a ciascuno di noi: «Ti annuncio una grande gioia! Non rinunciarci! Non rimanere incastrato in quei pensieri delle tue aspettative e dei tuoi problemi! Spalanca gli occhi e il cuore! Vedrai la luce nuova sorgere sul tuo orizzonte!».

Lasciamoci con questo augurio: di non rinunciare a questo sobbalzo.

UN CONTRACCOLPO CHE MI CHIAMA![56]

Dal vangelo secondo Luca

«In quel tempo, i pastori andarono, senza indugio, e trovarono Maria e Giuseppe e il bambino, adagiato nella mangiatoia. E dopo averlo visto, riferirono ciò che del bambino era stato detto loro.

Tutti quelli che udivano si stupirono delle cose dette loro dai pastori. Maria, da parte sua, custodiva tutte queste cose, meditandole nel suo cuore. I pastori se ne tornarono, glorificando e lodando Dio per tutto quello che avevano udito e visto, com'era stato detto loro.

Quando furono passati gli otto giorni prescritti per la circoncisione, gli fu messo nome Gesù, come era stato chiamato dall'angelo prima di essere concepito nella grembo della madre»[57].

In questi giorni ci siamo soffermati soprattutto ad osservare noi stessi e i personaggi del vangelo nel momento del contraccolpo, colti nel momento in cui veniva introdotta una novità così straordinaria, così eccezionale, al punto che tutto quello che i pastori guardavano non lo guardavano più come prima. I pastori guardavano se stessi in un altro modo!

Chi erano i pastori? Insieme alle donne erano coloro che non avevano nessuna credibilità nella società del tempo al punto che se erano testimoni di qualche delitto non potevano testimoniare in tribunale. Peggio di così! Ma i primi ad accorrere alla nascita di Gesù sono proprio i pastori! Guardate che cosa strana e straordinaria: i primi testimoni di questo evento eccezionale sono i pastori, ovvero, coloro che sono zero come credibilità! Ma questa cosa accade anche quando Gesù risorto inizia ad apparire e la prima persona a cui si manifesta risorto è una donna!

Gesù si presenta a coloro che sono i peggiori di quel tempo. Anche la Madonna

---

[56] Omelia tenuta il 1 gennaio 2012 ore 11, 00 Maria SS. Madre di Dio nella chiesa parrocchiale di Craco.

[57] Lc 2,16-21.

può essere messa tra quei personaggi che diventano modello su qualche posizione assumere di fronte ai fatti. Infatti ella si è mostrata all'angelo con la sua umiltà, e questo termine deriva da *humus* che significa terra, a livello della terra. La Madonna è come se avesse detto: «Io sono niente!», «Io sono terra terra!». Non ha detto: «Io sono un germe di grano» che è pochissimo, ma è già più della terra. Secondo me c'è molto da lavorare per capire questo a causa del fatto che siamo portati a farci da noi stessi.

Cosa scoprono gli ospiti della grotta di Betlemme? Subiscono il contraccolpo di una eccezionalità, dell'eccezionalità di Gesù che si mostra ai pastori.

Aprendo gli occhi, aprendoli veramente, aprendo il cuore durante la giornata, ci accorgiamo che ci sono questi contraccolpi, ma noi li selezioniamo, li selezioniamo in contraccolpi buoni e in contraccolpi cattivi. Invece sappiamo che tutte le cose sono buone. Infatti prima di dividere gli uomini in buoni e cattivi, conta il fatto che sono, conta il fatto che sono: questo essere è ciò che provoca il contraccolpo! Se c'è la persona, buona o cattiva che sia, se accade un fatto, buono o cattivo, un motivo ci sarà! Perché è per me! É per me! E se è per me, qualcuno l'ha mandato! Questa persona, quest'uomo, questa donna, questa circostanza, vuole da me qualcosa! Vuole che io faccia un passo verso di essa da parte mia! Infatti di fronte al contraccolpo nasce l'attesa! Questo ero il modo grande di ragionare della Madonna proprio perché era 'terra terra!'

L'attesa è significativa perché è indice di un contraccolpo che allarga il cuore! Si allarga o perché soffre o perché è contento! Sia nell'uno come nell'altro caso il cuore si allarga! Questo è l'altro termine che non dobbiamo tralasciare, invece noi diciamo: «Se soffro è male! Se sono contento è bene!». Non è così! La sofferenza certamente non è gradita, ma se allarga il cuore non vi pare che sia positiva?! Perché lo rende più capiente, rompe il guscio dentro cui è chiuso e capisce di più.

Ciò che rende vera l'attesa è una sola cosa: la consapevolezza che a Dio nulla è impossibile! A Dio non è impossibile amare uno come me, amare i pastori! Uno ce la può mettere tutta a non farsi amare da Dio ma non ce la fa perché a Dio nulla è impossibile! A Dio nulla è impossibile significa che non è impossibile a Dio amare uno come me! Amare uno che è veramente nulla!

Quando dico "me" ognuno deve far riferimento a se stesso! Spesso dopo aver ascoltato questa espressione delle persone sono venute per dirmi che si sono rivolti al marito o alla moglie e gli hanno detto: «Hai sentito che ha detto Don Franco? Si riferiva a te!».

Quando uso questa espressione alcune persone mi scrutano perché pensano che mi stia riferendo a qualcuna di loro, ma quando dico che io sono nulla sto dicendo che io, Don Franco, proprio io, sono nulla! Ognuno dovrebbe fare riferimento a sè! Non a chi sta seduto affianco, oppure alle persone che ci danno fastidio, oppure alle persone che non si sopportano, oppure alle persone che ci creano problemi! Il riferimento è proprio a me e non usare quanto diciamo in chiesa per bastonare gli altri.

Dentro queste persone, quelle che ci danno fastidio, oppure quelle che ci creano problemi, o quelle che sono zero come i pastori, abita l'Onnipotenza di Dio. Dio può rendere possibile che io sia qualcuno, che io sia grande! Noi siamo delle piccole cose, degli atomi insignificanti a cui basta pochissimo per scomparire da tutto l'Universo, ma possiamo essere presi da Dio e resi grandi!

Al contrario la mentalità di oggi è che io mi faccio da me, che con le mie sole forze io divento grande, che nessun altro mi può rendere grande! Queste piccole cose create che siamo noi, questo *humus* insignificante, possono essere prese da Dio e rese grandi! Questa terra insignificante che sono io può essere presa sul serio e resa grande!

Quando una decina o forse una quindicina di anni fa ho scoperto questo, è stata la cosa che più mi ha fatto sobbalzare! Allora con questa scoperta non abbiamo più il problema di avere successo in qualche campo. Di essere un grande scienziato o di essere un grande professore! O un grande parroco in una grande parrocchia! Grazie a Dio possiamo capire sempre di più che questa piccolezza che sono io, questa piccolezza che sei tu, può essere presa sul serio da Lui e renderla grande!

Così si incomincia a capire perché vale la pena ringraziare il Signore sia per le cose belle e sia per le cose cattive! Un ragazzo mi ha chiesto: «Perché bisogna ringraziare Dio anche per le cose cattive?» ed io gli ho risposto: «Bisogna ringraziare Dio anche per le cose cattive perché anche attraverso le cose cattive Lui può prendere me e rendermi grande! Perché continua ad operare la Sua onnipotenza!». L'onnipotenza di Dio si manifesta prendendo il nulla e facendolo essere!

Diciamo un'ultima cosa e poi concludiamo: cosa significa che Dio può rendere me grande oggi? Solitamente si pensa che essere grande significa essere famoso, come ho detto prima, cioè che tutti parlino di te almeno per un mese! Ne parlano tutti e poi dopo un mese non ne parla più nessuno! Nei nostri paesi con l'espressione *essere grandi*, si intende che tutti nel paese parlino di quella persona!

Invece il Signore intende in un altro modo la grandezza! Io mi sono accorto di essere grande! Vi ricordate quando feci tutta un'omelia sul fatto che io sono grande! Qualcuno storce il naso e pensa che io sia supponente nel dire questo. Qualcuno dice: «Ma guarda questo prete! Si crede grande!». Ma io lo dico e lo riaffermo perché ho imparato ad avere una nuova coscienza della grandezza, della mia grandezza! Non sto assolutamente sbandando dal credermi niente al credermi qualcuno; continuo ad essere consapevole di essere niente, ma mentre sono consapevole di essere niente il Signore ha avuto pietà di me e mi ha preso, e mi prende sempre più. Allora bisogna che ci lasciamo prendere da Lui! *Mi hai sedotto, Signore, ed io mi sono lasciato sedurre*, dice il profeta Geremia[58]. Egli mi ha sedotto ed io mi sono lasciato sedurre, per rendere me più grande, sempre più grande, cioè ha reso me veicolo di grazia, ma non prima di tutto come sacerdote ma come uomo! E poi come persona cristiana!

A Dio nulla è impossibile! Dunque, se interviene con la Sua potenza Egli fa di me una persona grandissima! Una persona grandissima: rende una creatura veicolo, strada, presenza Sua! La Madonna dal venticinque marzo in poi che cosa è stata? É stata grande perché ha detto sì ad essere veicolo di Dio! Si è fatta luogo dentro cui Dio ha preso l'*humus* che ella era e l'ha reso veicolo, la prima dimora di Dio sulla terra! Il Signore vuol prendere il mio niente e renderlo veicolo, strumento come la Madonna!

Vi faccio un esempio: ieri mentre giocavo a tombola mi è arrivata la telefonata da un amico il quale mi diceva: «Don Franco, ti ringrazio perché mi hai mandato questa persona». Circa un mese fa una persona è venuta e mi ha detto: «Don Frà, quando incominciano gli incontri di preparazione dei padrini? Devo fare il padrino!». Pensava che si facessero degli incontri di preparazione per poter fare da padrino. In realtà non si fanno degli incontri di preparazione di questo genere, ma ho preso la palla al balzo e l'ho invitato a ritornare il giovedì successivo alle ore sedici. Il giovedì successivo è venuto e abbiamo incominciato la preparazione per fare da padrino. Il parroco della parrocchia dove ha fatto da padrino mi ha telefonato per ringraziarmi dicendomi: «Non mi era mai capitato di incontrare un padrino così consapevole, così serio nei confronti del compito che lo aspettava!». Era così preso da quello che era accaduto, così entusiasta dell'incontro che ha avuto con me tanto che se ne è accorto anche il parroco, a differenza degli altri padrini che non si rendevano nemmeno conto del luogo in cui stavano e di ciò che avveniva.

---

[58]Ger 20, 7.

Vedete cosa significa essere grandi? Io, povero uomo, sono diventato veicolo perché semplicemente Egli mi ha sedotto ed io mi sono lasciato sedurre. La stessa cosa è accaduta al parroco attraverso il padrino.

Questo è il mistero che celebriamo nella festa il primo giorno dell'anno: la Madonna, che è luogo della presenza di Dio nel mondo, e noi altrettanto, come la Madonna, siamo la terra della presenza di Dio per gli uomini!

Chiediamo la grazia per questo nuovo anno! Appena scocca la campana del nuovo anno la grazia da domandare è questa: rendimi grande Signore! Rendimi grande! Rendimi tu grande, io non posso farlo! Ecco l'umiltà! Ecco la consapevolezza che io non posso farmi grande! Rendimi Tu grande in questo anno Signore, come hai reso grande la Madonna.

LIBERATI DA UNA MONTAGNA DI PIETRE[59]

Dal vangelo secondo Luca

«Poiché il popolo era in attesa e tutti si domandavano in cuor loro, riguardo a Giovanni, se non fosse lui il Cristo, Giovanni rispose a tutti dicendo: 'Io vi battezzo con acqua; ma viene uno che è più forte di me, al quale io non son degno di sciogliere neppure il legaccio dei sandali: costui vi battezzerà in Spirito Santo e fuoco'. Quando tutto il popolo fu battezzato e mentre Gesù, ricevuto anche lui il battesimo, stava in preghiera, il cielo si aprì e scese su di lui lo Spirito Santo in apparenza corporea, come di colomba, e vi fu una voce dal cielo: 'Tu sei il mio figlio prediletto, in te mi sono compiaciuto»[60].

Quando Gesù si presenta da Giovanni Battista per essere battezzato, Giovanni Battista si tira indietro e dice a Gesù: «Non è possibile che io debba battezzare Te». Giovanni Battista sapeva chi era Gesù e che Egli non aveva peccato! Al contrario ce l'avevano le persone che andavano a farsi battezzare da Giovanni Battista, come anche noi prima del battesimo; ma Gesù dice a Giovanni Battista di battezzarlo perché si compia ogni giustizia.

Per gli ebrei la parola giustizia aveva un significato particolare, non si intendeva quello che intendiamo noi oggi. Gesù dice: «Si compia ogni giustizia», e con questo sta dicendo: «Adesso si deve compiere la risposta alla legge di Dio!». Si compia ogni giustizia, significa, adesso si compia la volontà di Dio! Ci sia la risposta alla chiamata di Dio, alla legge di Dio! Gesù dicendo a Giovanni Battista di battezzarlo sta dicendo: «Io voglio rispondere: si compia la giustizia! Voglio rispondere alla legge di Dio!». Sta dicendo: «Sono disposto a prendere su di me il gioco del Regno di Dio».

Qual è il valore esistenziale per noi della posizione assunta da Gesù? Gesù dice il suo sì incondizionato alla volontà di Dio. In questo sì di Gesù alla volontà di Dio c'è un'espressione di solidarietà piena con me: è questo l'aspetto che ci interessa come

---

[59]Omelia tenuta il 13 gennaio 2013 ore 11, 00 Battesimo del Signore anno C nella chiesa parrocchiale di Craco.

[60]Lc 3,15-16;21-22.

risultato. Gesù dice: «Lascia fare, battezzami!», sta dicendo: «Voglio rispondere alla chiamata di Dio! Voglio fare la Sua volontà!». La volontà di Dio è che Gesù prenda su di sé i miei peccati, che possa far fuori tutti i peccati che ho fatto, tutto il mio peccato! Sarebbe interessante che ognuno di noi guardi con questa prospettiva se stesso e tutti i peccati che ha fatto, dal più grave al meno grave, anche quel peccato orribile che non ho avuto il coraggio di confessare.

Gesù ha preso su di sé tutti i peccati personali e ha detto: «Li prendo su di me in questo giorno e li faccio fuori». Ma questo si capirà con la risurrezione di Gesù! Ecco il salto che facciamo da oggi, che facciamo memoria del Battesimo di Gesù, ad aprile prossimo quando a Pasqua Gesù risorgerà, quando tutto si compirà, e sarà chiaro, alla luce della Pasqua, quello che accade oggi, e diremo: «Ecco perché Gesù ha detto: 'Lascia fare la giustizia! lascia che si compia la giustizia!'».

Gesù si è caricato sulle spalle il peso della colpa dell'intera umanità, ma non in senso generale, ma di ciascuno di noi singolarmente preso! Ha preso ciascun uomo e lo ha portato nel Giordano e ha affogato la colpa di ciascun uomo, la mia colpa e la colpa di tutti gli uomini! Nel Giordano ha affogato tutta la mia colpa! In questo modo da inizio alla sua attività; è sorprendente questo Suo inizio di attività! Inizia la Sua mossa verso di me afferrandomi lì dove sono più lontano da me, dove scappo più lontano da me, nel peccato e mi rimette vicino a me. Per rimettermi vicino a me mi mette vicino a sé.

A partire dal vangelo di San Luca ci sono calcoli precisi, ci sono delle indicazioni temporali precise in base alle quali si è potuto calcolare che Gesù aveva trent'anni quando ha iniziato la vita pubblica. Nel mondo ebraico a trent'anni si raggiunge l'età della maturità pubblica, possiamo capire questo l'analogia con i nostri diciotto anni. Gesù dà inizio alla vita pubblica, esce fuori di casa, e qual è la prima cosa che fa? Prende il posto del peccatore per annegare il peccato nel Giordano! Il Battesimo di Gesù fa, dunque, questa giustizia: l'accettazione di fronte a tutti della morte per i peccati dell'umanità, per questo Dio dice: «Questo è mio Figlio, questo è il mio Figlio prediletto!».

Di tutto questo qual è l'aspetto più interessante che ci riguarda più da vicino? L'aspetto più interessante è che non ci può essere vera liberazione se non c'è liberazione dal peccato! Perciò ho accennato all'aspetto di non farsi la comunione se un peccato mortale non è stato detto in confessione. Perché non posso legarmi al Bene nella comunione se non solo sciolto dal legame col male. Non posso servire a due padroni. Non posso rimanere nel chiuso della mi stanza e chiedere alla Luce che mi invada, devo aprire la porta.

Come è possibile fare un'esperienza di libertà? Ci sentiamo sollevati quando ci togliamo un peso di dosso. Dopo una giornata di lavoro si torna a casa e ci si mette in pantofole, ci si sente liberi da un peso; oppure possiamo indicare altre situazioni come quando, per esempio, veniamo a sapere che una persona noiosa, antipatica, assillante, cambia paese, non abita più vicino casa tua e ti senti libero; queste sono tutte cose che già ci fanno fare un esperienza di libertà. Però immaginate la libertà che possiamo avere nel liberarci dal peccato: questa è l'operazione che ha fatto Gesù! Ci ha liberati dal peccato! Per capire e per fare l'esperienza della libertà dal peccato sono necessari in modo eminente prima il battesimo e poi la confessione.

Per questo bisogna dare subito il battesimo al bambino e non bisogna aspettare quando viene il padrino che abita lontano ma è meglio se si individua un padrino che è disponibile subito; qualcuno rimanda il battesimo perché il padrino o la madrina vengono in estate e così si rimanda il battesimo del bambino di un anno e anche oltre.

Per comprendere la libertà che si prova ad essere liberati dal peccato si può immaginare di essere schiacciati da una montagna di pietre. Immaginate che un camion con il cassone pieno di pietre, di detriti, di lastre di acciaio, stia facendo la retromarcia e l'autista del camion non si accorge che dietro ci sei tu, tira la leva del cassone e scarica tutto su di te! Ti azzera, ti annienta, *ti asfalta*, dicono i ragazzi. Il peccato fa una cosa di questo tipo: ti annienta, non ti fa essere più te stesso, dici «io» ma non sei più «io».

Gesù accettando su di sé il giogo della volontà di Dio, ti rimette in sesto, ti libera da queste pietre e ti fa tornare te stesso: fai esperienza di libertà come liberazione dal proprio peccato.

Quali sono i sintomi del peccato? Si è irrequieti, non si ha mai pace, c'è nervosismo continuo, c'è la pretesa continua su di sé e su gli altri, c'è un creare sempre problemi agli altri invece di facilitarne la soluzione ecc. Questi elementi sono l'esito del peccato e a volte si arriva fino al disturbo psichico che non può essere curato né dalle sedute dallo psicologo né dai farmaci, perché all'origine può essere posta solo la confessione per liberarsi dal male che porta a quel disturbo. L'esperienza della libertà dal peccato ha questi segni: si è lieti, si è in pace, si è soddisfatti, si è calmi, si è più intelligenti nel capire le cose, si è affabili nel fare le cose, si riduce la pigrizia, si riduce l'individualismo.

Ci sono due atteggiamenti che soprattutto noi meridionali ci portiamo facilmente addosso: l'individualismo o la chiusura e la pigrizia. Si rimane chiusi in se stessi o chiusi dentro la famiglia, tutto il mondo è ricondotto a sé o alla propria famiglia e non esiste altro. Poi c'è la pigrizia che in un certo senso è una caratteristica tipica di noi meridionali: nello svolgere un compito che si può risolvere in pochi giorni abbiamo bisogno di mesi. Dopo che sono passati dei mesi non l'abbiamo ancora risolto e pensiamo: «Per fortuna si è dimenticato che dovevo fare quel servizio! Meno male che si è dimenticato così mi risparmio di farlo!». Chi è nella grazia di Dio reagisce subito al bisogno e interviene, senza aspettare. È aperto e non si lascia incastrare né dalla pigrizia né dall'individualismo.

Chiediamo questa grazia a Gesù: chiediamo a Gesù la grazia di capire l'importanza del nostro sì, del mio sì alla volontà di Dio!

Printed by Books on Demand GmbH, Norderstedt / Germany